ARE YOU
HAPPY WITH
WHO YOU ARE?
喜歡你的
人生嗎？
白狐——著
信步—繪
下

Chapter 23

週六下午終於迎來安千緹的宣傳活動，地點在百貨公司廣場。

舒清和從地下停車場上來，明星臉藏在鴨舌帽和粗框眼鏡後方。

自靈魂交換以來，他不曾爲了娛樂隨意外出，今天難得踏進百貨商場，即使是來工作，久違的熱鬧氣氛仍然受到他的歡迎。

他用眼角餘光偷瞧身旁的端木，對方神情嚴肅，目光不放過任何一個靠得太近的商場顧客。

藍思禮來探班過後，他們之間的相處始終有些怪異，直到今天才終於被公開活動的緊張感給取代。端木又是那個可靠的保鑣，一下車就緊緊護在身側，偶爾催促他加快腳步時，手掌會貼著他的腰部上方輕輕推。

舒清和並不打算否認自己好幾次刻意走得慢，不是被周遭景物引得分心，而是想要多感受一點直透背脊的溫暖。

進到活動休息室兼化妝間，氣氛爲之一變，和歡騰的商場截然不同，麗莎正板著一張臉罵人，挨罵的似乎是公關公司的人。

舒清和摘掉帽子，問道：「發生什麼事？」

「你來啦！」麗莎嘆了口氣，安撫般地抬起兩隻手，掌心向著他，「拜託冷靜聽我說，今天要幫粉絲畫睫毛的活動，預計的五個名額，從事前抽選變成了當場抽籤。」

「藍先生，您也聽我說，」公關急忙插嘴，「經過評估，我們認爲當場抽選比較能吸引大家踴躍來到現場。事先決定資格，萬一落選的粉絲都不來，該怎麼辦？」

「粉絲落選就不來？」麗莎要別人冷靜，自己的語氣卻很激動，「你是剛踏進這一行，還是瞧不起人啊？外面的人潮都快擠爆廣場了！」

「這不正代表我們的評估正確嗎？活動一定圓滿成功。」

「哼，圓滿個鬼！你們根本沒有給大多數人消化落選情緒的時間，是嫌天氣不夠熱，大家的火氣不夠旺盛嗎？」麗莎揮舞著雙手，發出好像要撕咬對方的聲音。

見狀，舒清和悄悄後退兩步。

這次公關支支吾吾，沒擠出辯解的話。

舒清和的心中頓感不安，他沒經過廣場，不清楚觀眾數目到底有多驚人。藍思禮的公開露面本來就代表人山人海，若是人潮能多到讓麗莎的火氣都冒出來，恐怕數量眞的超出公關公司的控制能力。

因為記者的工作，舒清和對公關也有了解，負責今天活動的公司剛成立不久，據說在安千緹高層有人脈，靠關係才拿到好幾件大案子。前幾次福星高照，沒出大紕漏，現在好運用盡，經驗不足的缺陷看來要在這場活動暴露無遺。

身為同樣經驗不足的代言貴賓，舒清和也只能坐在梳妝鏡前，在心裡反覆背誦早已滾瓜爛熟的訪問稿，勉強控制著持續上升的緊張感。

安千緹也來了好多人，匆匆進來向大明星打招呼，又匆匆出去支援。

休息室的門開開關關之際，舒清和瞥見工作人員拿著好幾根紅龍柱跑過，他們表現出來的慌張忙亂，他衷心希望是出於自己的想像。

情況在端木看過現場之後又變得更糟，合約說好的專業保全，多數竟是由省錢的工讀生充當，即使有百貨公司的保全支援，距離理想仍然遙遠。

端木搖著頭對麗莎說道：「潛在的風險太大，我不建議讓藍思禮在這種條件下登場。」

「等一下，請務必等一下！」公關一點都不贊成，「許多粉絲一大早就來，等了好幾個鐘頭，最後見不到偶像，他們會暴動的啊！」

「原來你也知道暴動很危險。」麗莎譏諷道。

「保全的問題是小事嘛！他們最大的作用不就是擺擺樣子充場面，根本沒有幾次實際有作用，何必多花冤枉錢？我們僱用的幾個年輕人都挑過外型，絕對能營造出貴公司想要的華麗大排場！」

「那才不是我們想要的，你們應該優先提供的是藍思禮的安全保障。」

「如果眞的出什麼事——當然可能性很低很低，對街不是剛好有個派出所嗎？警察的薪水是你我繳納的稅金，等於是預付款，總要讓他們好好拿錢辦事不是嗎？」

「你有聽見自己的胡說八道嗎？」

舒清和旁觀他們爭執不休，麗莎怒氣騰騰，端木皺著眉沉默不語。當他擔心後者是否打算用拳頭說話時，麗莎忽然轉向他，長嘆一聲，「你來決定，想怎麼做？」

室內安靜了下來，看著舒清和的每個人眼裡都帶著各自的憂慮。

問舒清和想怎麼做？他最想打電話向藍思禮求救。正牌大明星一定能果斷下決定，不把任何人的異議放在心上，他這個冒牌貨可沒膽量臨時改變計畫，讓一大堆人失望生氣。

「現場都是我的粉絲，應該不要緊吧？」

聽大明星這麼說，公關露出燦爛的笑容，端木的臉色則暗了下來。

果然沒辦法讓所有人都滿意。這樣的心情搭配藍思禮脆弱的消化系統，結果就是讓舒清和感到輕微胃痛。

「九成以上都是你的粉絲，但是搗亂只需要少數幾個人就可以了。」麗莎回覆道。

「哎，想得太多了，誰會專程到化妝品宣傳活動搗亂？」

麗莎沒理睬公關的話，舒清和看著她把嘴唇抿成一條薄線，心中忽有異感，懷疑對方藏著什麼事沒說出來。

此時有人敲了敲門。

「藍先生，時間差不多了，您準備好了嗎？」

麗莎代替他應了一聲，造型師忙著爲他的髮妝服飾做最後調整。

舒清和起身走到門邊，手機螢幕跳出一則訊息，是藍思禮爲今天的活動幫他打氣。

交換靈魂至今，藍思禮第一次主動關心他的明星工作，對現場活動與粉絲的重視可見一斑。這讓舒清和的心情穩定不少，相信自己沒有做錯決定，藍思禮一定也不會希望他臨陣退縮。

深吸一口氣，他將手機交給麗莎，踏出休息室。

天底下沒有任何心理準備能夠幫助舒清和面對眼前的盛況，也少有字眼能夠形容。

這家百貨公司的正門廣場已經是同等級商場當中數一數二的寬闊，塞滿人之後，竟然顯得擁擠狹窄。

豔陽下，萬頭鑽動，來場觀眾勉強被限制在護欄內，及腰的金屬欄杆承受超量人群的擠壓，好幾處都看得見欄杆明顯搖動移位。

唯一比護欄更不可靠的是保全工讀生們，他們帶著無助的神情，徒勞地勸告大家後退一點、不要推擠。

然而群眾總是遵守個幾秒鐘，又慢慢往前擠。

公關沒唬人，工讀生都是好看的年輕人；端木也沒有危言聳聽，他們做保全的工作眞的不得要領。

舒清和披著巨星外殼現身時，尖叫聲猶如海嘯狂捲而來，只差沒把人沖退幾步。

藍思禮的名字響徹整座廣場，參雜了帶著哭音的告白，以及許多聽不出內容的嘶吼與吶喊。

舒清和不是明星的料，他被粉絲們激烈洶湧的歡迎釘在原處，除了惶恐，無法產生其他情緒。

「好好幹，別丟我的臉。」

藍思禮傳來的打氣訊息閃過他的腦海。

是啊！不能丟臉，不能辜負藍思禮的信任。

他剛照過鏡子，確認過外表無懈可擊，沒有人會懷疑他不是個萬人迷、大明星。他做得到，他可以讓這些辛苦曬太陽數小時的忠實粉絲們，得到快樂的一天。

舒清和稍微舉起手，面露微笑，並且盡可能照顧到每一個方位的粉絲。效果立竿見影，他不知道現場竟然還能陷入更強烈的瘋狂。

新一波的尖叫聲中，有個特別響亮的聲音，主持人在舞台上用麥克風推波助瀾，鼓勵現場的大家用力表達愛意。

如果問舒清和的意見，他會說粉絲們的愛意已經非常明確，再呼喊下去只怕體弱的人暈倒，或許該勸大家冷靜一點。可是他只是個小小八卦記者，大概沒資格指教主持技巧。

「走吧。」端木低聲道。

若不是有端木開道，舒清和實在不知道該怎麼移動。現場的動線規畫就跟其他項目一樣不牢靠，舞台離建築很遠，從商場側門出來後，還要在粉絲熱烈的目光注視下，走過大半個廣場。

一次被那麼多雙眼睛盯著，舒清和盡力不讓心裡的不自在顯露出來。他的前後都有工作人員，也沒心思分辨哪個人來自哪個單位。他必須跟緊端木，用天天在鏡前練習的明星姿態走路，尤其不能忘記對四周報以微笑，這裡不是攝影棚，搞砸沒有重來的機會。

儘管如此，事後舒清和依舊不確定是從哪個環節開始出問題。或許是通道上的某個工讀生扛不住群眾的推擠，端木不得不往前幾步伸出援手；也或許是他意外停下腳步，導致他們之間拉開了兩步距離。

舒清和本想快速跟上去，可是有個東西從人群中滾到他的腳邊。他低頭一看，發現是支一手機，想都沒想便彎腰拾起，轉身走向護欄，想要物歸原主。

那實在是一大失策，當他伸長臂膀，遞出手機時，對面無數隻手也伸了過來，目標卻不是手機，而是他的手。

大明星的身體纖瘦力氣小，瞬間就被拉向了護欄。舒清和驚呼一聲，不但無法自力掙脫，連另一隻手都被抓到，衣服也被扯住。

跟在他身後的幾個工讀生保全慢了半拍才衝上來幫忙，雙方隔著金屬護欄展開詭異的拉扯。

舒清和處在混亂的中心，卻是最無能為力的一個。好多聲音在叫喊，他感覺到粉絲群中有人試圖擁抱他，他的半個身體都要越過了欄杆，雙腳因此離地的片刻可算是他人生中最恐怖的幾秒鐘。

最終工作人員成功將他解救出來，雙方分開時力量失衡，包括舒清和在內的好幾個人都往後跌出數步，坐倒在地。

廣場上的每一雙眼都急著想看清楚心愛的偶像發生了什麼事，四面八方的力量都往同一個小區塊推擠，沒人勸得住，也阻止不了。

兩座護欄翻倒時有如水壩潰堤，最外圍的觀眾不由自主地從缺口湧出來。

舒清和驚恐地看著不只一兩人被欄杆絆倒，撲跌在地。

幸好護欄外的空間足夠，他們大多都能自行爬開，或是快速被人拉起。

這時主持人終於想起自己的作用，透過麥克風高聲疾呼，要大家冷靜下來。

舒清和抬起頭，一眼便找到比其他人都高大的端木。

他們離得很近，幾步路而已，偏偏護欄就倒在端木前方，好多人擋住他的去路，他的目光牢牢鎖住舒清和，奮力擠過來的同時也揚聲叫喊著。

舒清和聽不清楚叫喊的內容，只感受到對方的急切。他順著端木的手勢轉頭，發現有個人影正衝向他，那人穿著保全制服，也是名工讀生。

他最初以爲對方是來提供協助，卻在距離縮得更近時意外從那人臉上辨識出強烈的憎惡。

舒清和一時還以爲自己恢復了八卦記者身分，正遭到報導目標的嫌棄。然而那些名流藝人再怎麼生氣、再怎麼瘋狂，也不曾像現在這樣，朝他亮出刀子……

大腦在恐慌中當機，舒清和唯一做得到的只有抬起手臂，抱住頭臉，雙眼緊緊閉起。

他默數著秒數，一秒鐘……兩秒鐘……三秒鐘過去了，什麼事都沒有發生——至少不是發生在他身上。

好幾個恐懼的大叫傳進耳裡，接著是金屬物落地的聲音，他鼓起勇氣睜開眼，疑似刀刃反射的光束在陽光下閃了閃，轉瞬又被衝上來壓制攻擊者的工作人員給淹沒。

舒清和眨了眨眼，不確定究竟發生什麼事，四周的大聲咒罵與各種尖叫始終沒有停歇，他的頭和耳朵都隱隱作痛。

他好不容易站起，雙腿微微顫抖，腳一軟，卻是倒進一雙強壯的手臂裡——有人支撐住他，同時環住他的腰和肩，將他緊緊抱住。

方才被粉絲強行拉扯擁抱的陰影尚存，舒清和驚叫著用力反抗。

那雙手箍得更緊，然後是熟悉的低沉聲音落在他的耳畔，「噓……是我。」

舒清和瞬間停下掙扎，周遭的天翻地覆彷彿也同時消音了，他擠出所有的力氣抓緊他的保護者，十隻手指揪皺了對方的襯衫。

端木騰出一隻手，掌心輕按著他的後腦勺。

舒清和順勢將臉埋進木沐的胸膛，聽著激烈的心跳一下一下震動著鼓膜，意外地叫人安心。

對方帶著他迅速遠離混亂的廣場，到了休息室才放開手。

房間裡頭也是一團亂，好幾個人護著他們撤回來，又趕著跑出去幫忙。

端木讓舒清和坐進椅中，自己在他面前蹲下，「你怎麼樣，有沒有哪裡受傷？」

等不及他的回答，端木逕自開始檢視。

光憑感覺，舒清和猜測他的屁股和手臂、肩膀大概很快會出現幾個瘀青，其餘沒什麼大礙，一低頭卻驚見自己的白衣服染上一小片暗紅血色。

他呆了一呆，完全不記得曾經受傷流血。他伸手碰觸染血的衣服，裡裡外外看了幾回，驚惶逐漸轉成困惑，他並沒有半個傷口。

抬起眼，他才看見暗紅血色的來源，端木的右邊衣袖破了好大一塊，鮮血不僅染紅整條手臂，還持續滲漏出來。

「你、你受傷了！」舒清和叫道。他不是眼花，眞的有人混進保全的行列，企圖攻擊藍思禮，還傷到了保護他的端木沐。

端木瞥了自己的傷勢一眼，表情平淡得好像那是別人的手臂，「我沒事。」

「我才叫沒事，你有事！」

「皮肉傷而已，晚點再處理，我得跟麗莎——」

「你別想！」端木起身想走，舒清和拉住他完好的另一邊衣袖，死不鬆手。他轉頭往室內掃視，揚聲問：「誰有開車來？」

上次爲木沐代班過的年輕助理小敦，戰戰兢兢舉起手。

「好，我們現在就走，去急診室！」

大明星發號施令，連外人都不太敢違抗，何況是團隊裡的自己人。小敦跳了起來，拿好鑰匙手機，立刻跑向門外。

舒清和在跟上之前隨手從衣架抓了件襯衫，纏著端木的右上臂，壓住傷口。

端木忍不住又說：「眞的沒有必要……」

舒清和橫眉瞪了過來，「我不管，我現在就要去急診室。你不跟著來，你、你……就是失職！」儘管他說話的內容頗為強勢，聲音卻微微顫著，雙眼紅了一圈，好像隨時都要哭出來。

端木不再表達異議，他被拉著走，被推上車，然後被安全帶固定在座位上。在他身旁，舒清和正在指揮司機小敦去最近最快的地區醫院。

小敦聽命行事，發動引擎，駛上道路。

抵達目的地前，端木的右臂都被舒清和緊緊壓著，彷彿鬆了手，他的鮮血就會狂噴而出。

端木對外傷很熟悉，知道自己受傷不重，應該選擇距離較遠且藝人名流常去的明新醫院，其隱私性更強。可是他的雇主憂急難過的模樣，竟使他的一顆心也變得不安穩……

最後，他什麼也沒有說出口。

Chapter 24

「現在相信我的傷眞的不嚴重吧？」

「我才不會因爲關心你而感到抱歉。」舒清和微微鼓起雙頰，瞅了端木一眼，接著轉向正在處置刀傷的醫生，「但是我對於造成騷動感到非常過意不去……」

幾十分鐘前，助理小敦開車將他們放在急診門口，又掉頭回去拿舒清和在慌亂中全部忘記的私人物品，包括由麗莎保管、想必已經被藍思禮打爆的手機。

舒清和則是拉著端木急匆匆進門，起先只有負責檢傷分類的醫護人員驚愕地多看大明星好幾眼。到了掛號處，他們吸引到的注意力已經倍數增加。

不久後，候診室的每道視線都集中在他們身上。稍有餘裕的陪病者紛紛打開手機鏡頭，連那些或躺或趴、彷彿奄奄一息的患者都撐起腦袋，暫時遺忘了自身病痛……

短短不到十分鐘，各種竊竊私語就演變成鬧哄哄的騷動。

院方緊急應變，將他們兩人安置在一處空房間，等候時間短得異常，還不需要自行移動到診療間，而是由醫生親自進來看診。

舒清和對醫院再陌生也猜得出這不是常規流程，或許醫院希望盡快送走騷亂的根源，所以給予他們特殊待遇？

這麼一想，不習慣被優待的舒清和忽然覺得自己有些礙事，可他又不願離開受傷的端木，心中矛盾的同時，無意識抓著端木左邊衣袖的雙手又揪緊了一點。

年輕的急診醫生倒很親切，聽見大明星致歉，只是笑了笑，「騷亂是急診的日常，我們都習慣了。不過，那麼紅的明星直接走進急診室，的確是難得一見的驚奇，提神效果比任何咖啡或能量飲料都厲害，我不覺得大家眞的很介意。」

醫生頓了頓，目光短暫離開刀傷，找到舒清和的雙眼。

「那個……我是你的歌迷喔！我還在學校的時候就開始聽你的歌了。後來出社會，每次日子難熬，累得快要放棄時，我就會找個角落，什麼都不做，就只聽你唱歌。每次都能重新獲得能量，覺得可以多努力一陣子。」醫生說著羞澀一笑，注意力又回到端木的手臂，熟練地開始清洗傷口，崇拜偶像的少女和專業醫護人員之間的轉換只有短短幾秒鐘。「你的音樂幫了我好多，現在輪到我使出百分之兩百的技術，好好答謝這位拯救我偶像的英雄！」

她的一番話說得端木和舒清和都不好意思起來，雖然外人通常不知道端木也有難爲情的時候。

舒清和不擅長應付讚美，何況是代替藍思禮接受，他的大腦混亂了一陣，想起今天的訪談稿中有句話可以改來應用。

「謝、謝謝……希望不只是辛苦的日子，我的音樂也能陪伴妳度過往後的每一段美好時光。」

哇啊啊！舒清和真想挖個洞埋掉自己，老掉牙的宣傳詞寫在紙上還過得去，念出來實在好尷尬！

醫生卻雙眼發光，欣喜地用力點頭，「那是當然！我有好幾份歌單，適用不同的心情喔！」

醫生接著說起她的歌單內容，分別在什麼樣的情境聆聽，以及特別喜愛的幾首曲子。她一邊說，雙手也沒閒著，一邊熟練地處理傷口。

舒清和功課做得很足，談論藍思禮的音樂毫無問題，也和她分享了幾則努力背來的創作心境。

端木感覺到褲袋震動，轉頭對舒清和說：「我要拿手機。」

舒清和起初不懂端木幹嘛跟他報備，一會兒之後才終於發現自己一直抓著對方的左手，也不知道究竟抓了多久。

他彷彿燙著般抽回手，喃喃說著對不起。

端木似乎想說什麼，瞥了眼在場的醫生，又打消念頭。順利掏出手機，他看見好幾通被忽略的來電。

「麗莎要發飆了。」

「來醫院急診是我的主意，我跟她講。」舒清和急忙道。

既然有人自告奮勇，端木便將手機交了出去。

舒清和接通電話，立刻便聽見麗莎急切的連串詢問。

他耐心等了一會兒才找到空檔開口，「是我，木沐正在接受治療，我替他接電話。嗯……嗯……沒有，我沒受傷，但是木沐的右手臂被劃了好大一個可怕的傷口，我覺得他需要休假、加薪，還要很多慰問的禮物。」

旁聽大明星趁火打劫，端木詫異地揚起眉毛，醫生則偷笑了一聲。

「活動現場怎麼樣了，你們還在百貨公司嗎？」舒清和安靜聽著，表情從憂慮慢慢轉爲放鬆，最後吁出一口氣，「好，我會直接回家……咦，妳說什麼？」

他又停下來專心聽麗莎說話，這次的表情豐富得多，時而驚訝，時而皺眉，一轉眼又滿臉迷惑，讓旁人猜不出談話內容。

通話結束的同時，醫生也完成了包紮。

端木的大半個上臂都纏成了白色，醫生放他自由後，他試著移動受傷的右臂，抬高放低、左右擺動，一會兒又彎曲手肘。

舒清和的兩隻眼緊張兮兮地盯著，端木的表情本來就嚴肅，實在難以辨認那個皺眉頭的模樣與疼痛有沒有關聯。

端木看了他一眼，彷彿讀出他的心思，「不會痛，只是有點僵硬。」

「我、我沒說什麼……」

「是嗎？」端木微微一笑。

「這陣子好好休息，別讓傷口又裂開。」醫生叮嚀道，看見端木要起身，趕緊做了個要他坐下的手勢，「外面來了不少媒體，連候診室都有，建議你們別貿然出去，待在這裡等人來接比較好。」

「公司的人會來接我們。」舒清和聽麗莎說小敦已經出發，還帶了替換襯衫。

醫生點點頭道：「不要從急診出入口離開，最好穿過門診大樓，走側門，應該可以避開大部分媒體。」

醫生在道謝聲中離開，房內剩下他們倆人，舒清和坐到端木身旁，滿臉堆笑，大讚醫護人員親切可愛，一掃他對醫院的敬畏恐懼。

端木跟著到處受禮遇的大明星已近兩年，老早過了大驚小怪的階段，倒是大明星本尊的表現看在他的眼裡有點古怪。

「我保證一切都會恢復正常，你只要多忍耐一陣子……」

他忽然想起對方曾說過的話。然而，他從來不覺得自己是在忍耐。

「麗莎在電話中都說了什麼？」

「喔，她問候你的傷勢，等小敦來了，要我們直接回家。」

舒清和依著對話的順序一件件報告。

活動現場當然亂成了一團，所幸沒有人嚴重受傷，救護車沒出動，來的是警車，押走那個持刀傷人的假保全。

「過幾天我們可能需要去一趟警局。」他嘆著氣，「其他許多後續工作公司會處理，麗莎叫我在家等她過去。」

截至目前爲止，全是端木預想得到的內容，可是他沒有猜到接下來的發展。

「警察透露了消息給麗莎，弄傷你的人自稱是丁路亞的粉絲，他的行動是爲心愛的偶像抱不平。」

「抱不平？」端木難得一臉驚愕，「你對丁路亞做過什麼嗎？」

舒清和哪裡答得出來，他還想問別人呢！

幸好端木沒有眞的要他回答，而是自己思考起來。

甚少有人將藍思禮和丁路亞相提並論。他們不曾合作，專業領域不同、經紀公司不同、交友圈不同，地位與輩分更是天差地遠，唯一的交集大概就是在幾個社交場合上打過招呼而已。

「丁路亞的生日派對，你是不是又在現場毒舌嘲諷人家？」這是端木記得最近的一次互動。

舒清和困窘地飄開視線，「我……不記得了。」

「麗莎還說她之前就有聽到相關的傳聞，因爲太沒道理，就當成謠言處理，沒跟我多說。所以今天發生的事件，她也很驚訝。」

端木深鎖眉頭，照習慣在胸前交疊雙臂，不意牽動傷口，差點沒忍住一聲痛哼，最後只好無奈放下手臂。

一旁的舒清和正想著沒有第三個人知道的內幕。

丁路亞的緋聞的確是藍思禮逮到的獨家八卦，然後由他寫成文章，即使旁人無從得知，在舒清和的心裡，那終歸是他們兩人一起完成的報導。若不是端木因此受傷，他多半還會覺得自己和丁路亞之間算是扯平了。

不久後，有人敲了門進來，是一名女性護理師，她拿著端木的健保卡和批價領藥的單子。

護理師十分年輕，不超過三十歲，臉色明顯難看。舒清和秉持著禮貌打了招呼，她的回應冷得能讓空氣凝結。

舒清和不以爲意，猜想對方工作疲累，影響到心情，沒什麼大不了。可是他無意間轉動視線，竟發現端木也有異狀，從神情到姿態都僵硬得像剛剛包紮好的手臂。

難道端木和護理師認識？認識卻沒出聲，莫非有嫌隙？誰會和端木這麼好的人有嫌隙？

舒清和的目光在端木和護理師之間游走，腦袋裡胡思亂想。

護理師和端木有志一同，完全不理睬對方。護理師有職責在身，對著舒清和肩膀附近的空氣交代照護傷口的注意事項，語調自然也是冷冷淡淡，有如機械。

聽完說明，舒清和道謝時忍不住加了一句，「造成你們多餘的困擾，眞的很抱歉。」

他的客氣舉動彷彿觸動了什麼，護理師抬起眼，眼瞳中總算出現情感的波動。

「這次你沒受傷，可眞幸運，有那個人在，災難就會如影隨形。」

舒清和看著她撇動嘴角的方向，驚訝地發現對方指的是端木——他們果然認識。

「不、不！不是木沐造成的！事實正好相反，他是因爲我才受了傷。」

「隨便你怎麼想吧！」護理師又別開眼，輕蔑的神情卻沒有消散，「不趁早解僱這種無恥人渣，將來遲早後悔。」

舒清和感到既震驚又憤怒，遇到衝突總是慢好幾拍反應的腦袋終於想到駁斥的言語時，護理師早已揚長而去。

他掐著手裡的批價與領藥單，氣得立時就要奪門追出，「不行，我要去跟她說，她搞錯——」

端木扯住他的後領，及時將人拉回來，「沒有搞錯，從她的角度看，我確實不算好人。」

「那她一定誤會你了！」

端木或許不是世上最溫柔、最容易親近的大善人，但是絕對和『無恥』之類的形容沾不上邊。

端木苦笑著搖搖頭，「我聽說她在這家醫院工作，卻沒想到是急診室，也沒想到……她仍然那麼恨我。」

「那當然是因爲誤會得太久，我們需要跟她解釋清楚。」舒清和堅持道。至於解釋什麼，她又是誰，爲什麼憎恨端木，舒清和想知道答案想得要命，又不敢多問。

端木只是望著那雙重回自己左邊衣袖的手，十根白皙指頭和他的白色衣料糾纏在一起，手指的主人大概又沒注意到這個動作。

他不喜歡提起往事，也不愛解釋自己，可是眼前這人義憤填膺，要爲他討公道的模樣，竟很觸動他的心弦。

「當年我離開警隊的原因和她有關聯，你曾經問過，現在依然想聽嗎？」

舒清和點頭的速度從沒這麼快過。

Chapter 25

誠如舒清和所知，端木曾是一名特種警察，隸屬的單位工作強度極高，他即使在特警當中也是佼佼者，菁英中的菁英。

端木熱愛這份工作，家人全都以他爲傲。他對未來充滿美好想像，諸多願景等待實現，卻沒料到率先找上門的竟是愛情。

對象是他的隊友，兩人被發派到同一個中隊，都是意氣風發的年輕人，從志趣相投到傾心戀慕不過短短幾週。

然而他們並沒有公開交往。特種警察是男性占極大比例的陽剛世界，風氣相對保守，加上職場戀愛可能惹來的麻煩，隱匿關係似乎是個對大家都好的選擇。

從旁人角度看來，端木和男友就是一對好哥們、好同事，又是健壯帥氣的單身公務員，周遭親友、親友的親友，許多人都積極爲他們介紹女朋友。

相較於端木的嚴肅氣質，他的男友開朗風趣人緣佳，每逢假日就有飯局，邀約有如浪潮一波波湧至，簡直沒有止盡。

25 Chapter 25

雖然未曾明說，但他們之間存有默契，有人介紹便見面認識，之後或婉拒或當朋友，盡量不得罪人，不直接讓介紹人碰壁，倒也應付得穩穩當當。

日子就這樣一天天過，常規訓練、高風險勤務、遠離眾人耳目私下幽會，加上三不五時的應酬，彼此的公私生活都忙碌，連爭吵煩惱都少有出場的時候。

他們都還那麼年輕，耀眼的人生剛剛開始，即使有著對家人、朋友隱瞞的眞實性傾向，那也是未來才要考慮的課題。而未來如此遙遠，眼下的生活彷彿能永永遠遠延續下去。

事情的變化始於端木的男友結識了當時剛從護校畢業的女孩。原本只是親戚介紹，只是眾多即將被拒絕的其中一個對象。

兩人什麼時候從隨意吃個飯到情投意合，端木並不知道，因爲這回他成了被蒙在鼓裡的那一個。

有別於同性相戀的謹慎低調，這一對新情侶來往得正大光明，不僅公開約會，還見過幾位雙方的家人。

如果不是碰巧聽見他們的隊友隨口提起，端木只會專注在自己的生活圈，根本毫無所悉。

得知男友竟然交了新女友，端木當然生氣，兩人爭吵激烈。

男友聲稱和女孩是心靈上的滿足，做愛雖然算得上愉悅，然而他眞正享受的還是男性的肉體。他對端木的感情沒有減少，甚至互動也不曾改變分毫，他不懂為何非要放棄任何一邊。

男友向來是比較任性的一方，帶點孩子氣的我行我素原本是一大魅力，意見分歧時就成了惡夢般的溝通障礙。在男友的觀念裡，忠實是婚姻才有的附件，戀愛是自由的，如果感情沒有變質減量，自己多餘的時間要做些什麼，為何得受到拘束呢？

這樣的觀念不合，遲到太久了。

端木不是善辯的人，氣頭上表達得更不好，爭執的重點到頭來整個亂七八糟，他們吵到忘記場合，被偶然經過的隊友聽見部分內容也不在乎了。

「記得三年前的海港倉庫挾持案嗎？」端木問道。

舒清和很快便想起來，那是個轟動一時的大案件。

挾持多名青少年人質的暴徒火力強大，警方攻堅激烈，倉庫還燒起熊熊烈火，最後人員均安，只造成財物損失。

猜得到端木為何提起舊案，舒清和忍不住滿腔欽佩，「記得！你們有參與那個案子？新聞說每個人質都被平安營救出來，歹徒全數落網，是一次非常成功的救援行動。」

端木的眼神卻暗了下來，「外界並不知道，不是所有人都平安。」

他們正是在爭吵之際收到出動命令。

特勤隊的任務風險高，行動中除了仰賴各自隊員的能力，更講究團隊合作。端木與男友默契最佳，在編隊之初就是一組，全程必須緊密配合。

端木明白事情輕重，盡力拋開私人情緒，以任務優先，男友卻在行動中耍脾氣，和他冷戰。

多次嘗試都落得熱臉貼冷屁股，最後端木也火大起來，放棄和男友的溝通配合——那是端木自認在人生中犯過的最大錯誤。

一半靠著驚人的好運，特勤隊最後依然完成了任務，沒有重大傷亡——除了他男友以外。

在缺乏隊友支援下衝動行事，男友因此受傷不輕，被緊急送進醫院。

端木在事後檢討中坦承疏失，長官追問原因，他舉棋不定，不知該怎麼說、該說多少。

後來，是別人替他決定了。

隊友將無意間聽見的部分爭吵內容報告了上級，於是長官知道了，整個中隊知道了，噙著淚水趕來醫院探視的護理師女友也知道了。

男友清醒到能夠應付問答時，全盤否認和端木存在超越友誼的關係，一口咬定是端木單方面的糾纏，才引發爭吵。

「以我家的背景，他應該是認爲我的風險小，萬一混不下去，隨時可以調個單位，重新開始。」事發過後好一段時間，端木才足夠平心靜氣得到這樣的猜想。「他的盤算其實也沒錯。」

「你沒有爲自己辯解。」舒清和脫口而出。

端木看他一眼，很意外對方立刻猜到自己的應對方式。「那是我欠他的。他的傷在長期復健後可以達到與常人無異的狀態，然而要重回特勤隊絕無可能。」

他安靜了片刻，等著舒清和的評語。

「你不打算指出我的決定蠢笨？少數知情的人都這麼說。」

待人處事經常用心不用腦，一天到晚被嫌傻，舒清和可是過來人。

「我、我想，有些愧疚不是一句『自己沒錯』就能消除，如果一點傻事能夠換來心安，我八成也會做同樣的決定。你不願意他在失去工作之後一併賠上名聲和愛情，我覺得我能夠了解……」

端木必定察覺得到藍思禮不可能這樣說話，但是他不再表現出驚訝或疑惑，只是微微彎起嘴角，「雖然我不奢求他人的認同，只是偶爾遇見有同樣想法的人時……感覺還不錯。」

舒清和輕輕咬住下唇，爲端木的反應開心，又覺得現在的氣氛不適合將內心的喜悅放肆表現出來。

「他對特警的工作愛逾性命，轉調內勤後性格大變，鬱鬱寡歡很長一段時間。他的護理師女友對他不離不棄，復健和諮商都陪在身邊，聽說婚期已經訂下，他的鬱悶心情似乎也有好轉，愛情的力量大概眞有神效。剛剛你也見到她女朋友了，從她的角度看，我就是個妄想橫刀奪愛的第三者，聽不懂拒絕，遇到危險的任務不顧隊友死活，要找到更混蛋的傢伙不容易。」他停頓了一下，嘆了口氣，「Chris質疑過我的沉默對女方的影響，可我實在無法考慮那麼多，我……我的心裡終究偏向他多一點。」

聞言，舒清和立刻回應道：「你沒有心存怨恨已經夠好了，不需要爲他們的幸福負責。」

端木苦笑了下，「如果我沒把把怒氣都用在我爸身上，或許我會更怨恨他一點。」

「你爸不太高興嗎？」

豈止不高興，端木大家長的反應簡直能用震怒來形容，不是氣有人說謊破壞兒子的名聲，而是氣兒子搞同性戀，弄到這種田地，活該、丟臉！

老爸出馬，幫兒子調了單位，附帶禁止他繼續和那些娘娘腔胡搞瞎搞，好好當個眞正的男人。

「於是我不只從特警辭職，還完全離開警隊。雖然多少有點衝動，不過我並不後悔，我不願意繼續待在我爸的影響力之下。」

之後他經由表哥的引薦，來到大明星身邊工作，跌破眾人的眼鏡……這部分就不需要多說了。

舒清和回想端木提到的案件，算一算距今已經快三年。

藍思禮曾說端木被認爲是大材小用，但是猜錯了端木離開警隊的原因。舒清和不認爲那是什麼不光彩的醜事，即使當事人似乎看開了，他依然很爲他抱屈。

「你想念警隊的工作嗎？」

「偶爾，有點想念幫助別人。」

「你仍然在幫助別人啊！你、你救了我的小命，就是幫助了許多歌迷，是很不得了的好事！」使用第一人稱講述藍思禮的分量讓他的整張臉發紅又發熱，「我不是自吹自擂，剛剛醫生也說過……我想，萬千歌迷都很感激你。」

「我不是爲了你的萬千歌迷。」

舒清和的臉又更紅了一點，「嗯，也對，你是因爲工作。」

「不能只是因爲你嗎？」

舒清和一愣抬頭，端木溫暖的一雙眼看起來有點無奈，又隱約蘊著笑。慌亂中，他點點頭，垂下了視線。

「都怪我不夠謹愼，警覺度太低，你才會受傷，後來又選錯醫院，害你想起不愉快的過去。」他心中內疚，語氣急切，不經大腦便說：「以、以後急診我們換一家醫院！」

端木笑著搖頭，「以後還要急診？」

「啊，不、不是啦，你知道我的意思！」

「老實說……我不是百分之百確定。」

端木瞄向舒清和襯衫上沾的血，血跡乾掉後淡得很多，對方在百貨公司休息室的焦急關切卻更加清晰。他想起在整條路上，緊緊抓著自己的兩隻手；想起後來在檢傷站被評估爲不緊急，對方放鬆地笑起來時閃爍生輝的雙眼。

那不可能是演技，大明星的戲劇天分是零，圈內都知道。

端木慢慢斂起笑容，認眞望著對方，「如果你要哈哈大笑，嘲笑我終於掉進你的惡作劇陷阱，現在正是時候，不然的話……」

「不然的話？」

「這一切眞的很不恰當。」端木的聲音低得差點沒讓對方聽見。

舒清和還要問什麼事不恰當，端木忽然用完好的左臂圈住他的肩膀，就像在廣場那般，將他拉進懷中，只是缺少了需要保護的緊急狀況。

端木把臉靠上舒清和的肩頭前，先輕輕擦過他的臉頰。

房間的隔音不太好，本來舒清和一直能聽見外面的動靜，現在都停了，彷彿有人按下靜音鍵，同時又放大胸膛內的聲音，血液奔騰、心臟瘋狂跳動，這些聲響震動著鼓膜。

他忽然有點慶幸現在自己在藍思禮纖細的身體裡，可以被端木的身軀完整包圍，暖洋洋地像被陽光裹著，尤其被碰觸過的單邊臉頰，如著火般燙。

假如是眞正的自己，一定很不相配。

舒清和小心翼翼伸出雙手，在端木寬闊的背上交疊，微微擁緊了。

端木說得對，所有他的感受、心裡的念頭都太不恰當了。

得到回應的端木像是放鬆了下來，吁出一口長氣，半倚在他身上，「今天在我確定你毫髮無傷的時候，我第一次覺得離開警隊不全然是壞事。」

端木貼著他的頸子說話，吐出的熱氣輕輕搔著皮膚，他拚命忍住竄過身體的酥麻顫抖。

「上次你說一切都會恢復原狀，到那時候，現在這個你……會消失嗎？」

舒清和在端木的懷裡僵住了，答不出來。

如果端木的擁抱代表喜歡，當他回到原本的身體，這份喜歡還會存在嗎？說不定對方一直喜歡的是藍思禮，因爲換過靈魂的大明星比較友善易親近，才放膽表現出來。

眞是這樣的話，他該怎麼辦？

當助理小敦氣喘吁吁衝進門來，端木立即鬆手時，舒清和分辨不出自己是遺憾還是鬆一口氣。

「對、對不起！有沒有等很久？」小敦撐著膝蓋，低著頭大口呼吸，沒及時看見房內兩人的異樣，「開車離開百貨公司的時候，被沒公德心的車主擋住路，花了好多時間才找到人移車！」

「辛苦你了，坐下休息一會兒吧。」舒清和勉強擠出話慰問道。

小敦終於抬頭，看見大明星似乎情緒低落，以爲對方不滿意自己動作太慢，嚇得心驚膽顫，趕快雙手捧上手機和替換衣物，連僞裝用的鴨舌帽、粗框眼鏡、口罩都有帶來。

他接著轉向端木，「木沐！醫生怎麼說，沒什麼大礙吧？大家都很關心！批價領藥了嗎？我來我來！」說著從舒清和手中抓了單子，又衝出門去。

小敦來去都像一陣風，雖然不到兩分鐘，房內的氣氛已經不同，從曖昧轉爲輕微尷尬。

舒清和囁嚅著不打擾端木更換破損的襯衫，率先轉過身去。

他自己的衣服也沾了血，不過他先拿起手機，滑開看見幾十通未接來電，通通是藍思禮。再看通訊軟體，同樣驚人，先是簡單的詢問、催促，到後來一連串的焦急、煩躁、火大都快從螢幕溢出來。

舒清和暗叫糟糕，快速寫了條訊息給藍思禮，「我沒事，正要離開醫院，到家再詳細向你報告。」

訊息送出的一瞬間就跳出已讀字樣，兩秒鐘後的回覆是個全螢幕貼圖，巨大的卡通人物臉朝他憤怒吼叫。

舒清和不由自主抖了一下，受到冷落的藍思禮好可怕！

Chapter 26

回到家，舒清和立刻躲進房間和藍思禮講電話。

藍思禮等得很久，聽了事件詳細經過後又有各種疑問與不滿，舒清和一一解釋、安撫，親身體驗了一回前幾任助理的精神疲勞。

後來電鈴響，藍思禮催他趕快下樓，去聽麗莎的最新報告。

來人卻不是麗莎，而是另一個熟悉的身影——用連帽衫的兜帽掩去大半張臉的丁路亞，單獨、低調地站在應門的端木面前。

舒清和下樓，門邊的兩個人都轉頭看他。

丁路亞的臉色不太好，許多憂愁堆在那張俊雅時尚的臉蛋上；端木的表情客觀看來與平常工作時的嚴肅並無二致，舒清和卻意外辨識得出對方的不爽快。

顯然丁路亞能進到玄關的唯一理由是防範媒體偷拍，不是端木歡迎他來作客。

「可以請你聽我解釋嗎？」看見屋主現身，丁路亞揚聲嚷道。

端木堅決不讓他離開玄關的範圍，他沒有藍思禮的膽量，只能退縮在門邊，隔著高大的端木說話。

「想必你已經聽說，攻擊你的那個人自稱是我的粉絲，用意是爲我抱不平。但是我發誓我絕對沒有指使或默許任何事，我與那個人完全無關！」

麗莎在電話中曾說丁路亞可能否認，倒沒猜到他會親自上門說明。

舒清和慢慢穿過客廳，走向玄關，一面思考著該如何應對這位不速之客。

當他靠近到一定距離，端木同樣不讓他再往前走。

丁路亞是模特兒出身，個頭高，也練出挺好看的肌肉線條，大概可以一拳撂倒現在的舒清和。不過，有端木在現場，他並不覺得受到什麼威脅。

「請問，呃，爲你抱不平是什麼意思呢？木沐……我的保全都受了傷，我需要一個……呃，合理的原因。」他說得斷斷續續且毫無氣勢，連自己聽了都想嘆氣，對質眞的不是他的強項。

「一部分我的粉絲認爲——」丁路亞抿了抿唇，似乎感到難以啓齒，「他們認爲，我的緋聞報導來自你洩漏的消息。」

在舒清和呆住的空檔，回應的是臉色越來越壞的端木，「眞可笑，如果你想靠胡說八道來擾亂視聽，現在就可以離開了。」說著就要送客。

舒清和卻在他背後心虛出聲，「先、先聽他說完也、也沒關係吧？」

端木猛然扭頭看他，舒清和不敢回視。

「《盜火人》雜誌有個記者，他說和你是生死之交，什麼事你都不隱瞞他。」丁路亞解釋道。

「咦，他那麼說過嗎？」

「果然是胡說八道！」

大明星和他的保鑣同時回話的內容跟丁路亞事前的預料大相逕庭，對此他感到更加心煩意亂，「起先我也認爲那個記者在吹牛，藍思禮怎麼可能和八卦記者走那麼近？後來聽說他去攝影棚探你的班，你親口承認是朋友……羅製作的那間公寓，知情又有膽量洩漏出去的人眞的很少。」

他拉開兜帽，把前額的頭髮往後撩，壓力在眼周留下的輕微黑影暴露了出來。

「說實在的，我根本懶得管是誰告訴誰。公司有人談起整件事，傳到部分粉絲耳裡，總之他們相信了，說你爲了阻礙我的星途，故意向媒體爆料。」察覺端木的臉上烏雲密布，丁路亞很快又說下去，「我知道，我當然知道，以你的地位，他們的猜想很蠢！就好像、好像……說我是幕後主使那樣沒道理！幹這件事對我的職業生涯毫無幫助，你的工作不可能變成我的機會，我幹嘛那麼傻？」

他逐漸激動起來，死白的臉頰終於多了顏色。

「有些粉絲愛護偶像的心太強烈，聽不進道理，我眞的盡力勸阻過……然而，事情就是發生了，後悔也沒什麼用，我們可以算扯平，不要再多生枝節嗎？」

「所以，你不希望外界得知傷人嫌犯和你的關聯？」舒清和小心詢問。

「我們眞的沒有什麼關聯。」丁路亞憂慮地望著他，「萬娛辦得到吧？除非你想把事情鬧大。」

舒清和當然不想鬧大，把《盜火人》的報導牽扯進來對他同樣毫無益處，他希望麗莎和藍思禮能有同感。

「我會向團隊轉達你的要求。至於那篇報導，我沒有洩漏你的消息，雜誌拍到照片只是湊巧，從來不是針對你。」他太專注說話，不知不覺走上前幾步，又被端木推回去。「你怪罪雜誌的報導，我覺得……不太公平？爆出婚外情，當事人也有責任不是嗎？」

「才不是婚外情！別說得好像我和那個噁心老頭有什麼感情牽扯！」

如果丁路亞剛才的情緒叫激動，現在可以說是暴跳了，「全都是交易！用性交換演出機會，不接受就別想在電視圈出頭，其他什麼意義都不存在！」

看著舒清和彷彿被雷劈中、震驚得目瞪口呆的模樣，丁路亞懊惱地皺起臉，慢了幾拍才意識到自己都坦承了些什麼。

「很骯髒，我知道，活該被抓到。我只是、只是超不爽其他人幹盡齷齪事，卻是由我付出代價，眞的很不公平！」

「其他人？不只羅製作嗎？」

「嘖，別說你都沒聽過風聲流言。」舒清和的表情怎麼看都不像僞裝，連帶也讓丁路亞詫異，「傳言是眞的，你果然不關心別人的事。」

「別、別人的八卦與我無關。你認爲報導有誤，爲什麼不出面澄清？」

丁路亞聳聳肩，「外遇緋聞隨時都在發生，沒幾天就會被大眾遺忘，低調個一陣子，再次回歸不難，得罪電視台高層？直接轉行比較快。這類的事你大概也不懂吧？受到強勢經紀公司的呵護照顧，遇到不合理的要求，拒絕就好，整個集團都挺你，眞叫人羨慕。」

「喂，害你遭遇不幸的不是藍思禮。」端木實在忍不住了，「你想避免衝突加劇，特地來求和，記得嗎？」

丁路亞撇開視線，臉上浮現一抹尷尬的紅，「我、我知道，只是一時……今天的事、你的保全受傷，我是眞的很遺憾……」

舒清和只能點點頭，同樣尷尬得不知該說什麼。

「公司不贊成我來找你，他們認爲你在暴怒之中不可能溝通……現在看來，又是個錯誤的判斷。」丁路亞仍然沒接觸另外兩人的目光，自言自語般說著，「這幾年，我一直聽話照辦公司的要求，看看現在落到什麼處境？我實在感到厭煩極了。」

「請等一下！」看丁路亞轉身要走，舒清和連忙叫住對方，「我、我也對那篇報導感到遺憾，如果你想談談眞相——」

「不，我不想談。」

話說完，丁路亞頭也不回地離開了。

✦

麗莎在稍晚的時候到來。天色已經完全轉黑，大明星的客廳卻燈火通明，坐滿了人。

這起突發事件讓團隊裡的每個人都顯得鬥志十足，麗莎在關心過端木的傷勢和大明星的情緒後，很快進入正題。關於事件發展、處理進度、緊接著該做什麼、迴避什麼，交代得清清楚楚。

舒清和眼花撩亂地瀏覽團隊整理給他的所有資料，第一次以旁人的角度觀看整起事件。

拜現代科技之賜，參加的粉絲人手一支手機，網路上的影片和照片滿坑滿谷，以多種角度爲閱聽者重現事件始末。包括故意把手機丟到偶像腳邊的粉絲、破壞規矩對偶像胡亂伸手的粉絲，通通被鏡頭捕捉到，一個不漏。

不久前，頭幾名引發混亂的粉絲已經被挖出本名和就讀學校，他們都是稚嫩的中學生，曝光後遭到大量憤怒粉絲的聲討，全都嚇壞了。

麗莎爲他解說道：「手機主人的本意只想把你引來，還手機時偷摸一下偶像的手。朋友們聽了也想效法，後來的變化當然始料未及。」

早先萬象娛樂已經快速發過簡短聲明，主要是報告藍思禮平安無事，讓歌迷們安心。

現在針對新發展，麗莎打算用大明星的官方帳號，再發一篇文章安撫粉絲，請大家停止圍剿犯了小錯的歌迷。

寫好的稿件已經在信箱裡，麗莎希望他馬上過目，並且同意發表。

至於活動疏失，責任不在萬娛這邊，受了點傷的歌迷已經個別慰問。另外團隊也與安千緹研議，要選個時間再辦一次活動，屆時將廣發小禮物補償今天敗興而歸的粉絲們。

「折騰了大半天，拜託你晚上好好休息，公關公司的責任就交給安千緹追究，你不要親上火線。」

「好。」

「……好？你說好？你眞的有聽見我說的話？」經過再三確認，麗莎不可思議地揚起眉，「你今天好冷靜，眞叫人害怕，不是偷偷在謀畫什麼吧？」

「只、只是累了，想照妳說的早點休息。」

「哦，沒問題，剩最後一件事，關於襲擊與傷害，我們很快談一下。」

這個部分舒清和倒有話想說，他交代了丁路亞的造訪以及交談的內容，只暫時略過了性與交易。

「他的請求有道理，何況我也不想把我的記者朋友扯進來，可不可以盡量保持低調？」

聽到「記者朋友」四個字，麗莎狐疑地瞇起眼，還看了眼端木，後者面無表情，讀不出半點訊息。

麗莎又轉回來望著舒清和，「不爽歸不爽，我同意社會觀感還是要顧。你的粉絲數量太多了，被說是霸凌後輩可不太妙。」她眨了眨眼，「我會另外找個時間和他的經紀公司『溝通』一下。」

後來麗莎待到很晚，舒清和沒等到她離開，就先上樓就寢。

前晚睡得不好，又經歷大半天的精神緊張，舒清和疲倦到眼睛快睜不開，腦袋卻不放他休息，好多事在腦中來來去去，其中分量最重的是端木。

自到家後，對方說話總是刻意迴避他的目光，彷彿心事重重。

他不由得往壞處想，覺得端木在醫院的舉止是肇因於受傷的一時脆弱，現在恐怕是懊悔了。

入睡後，他度過一個多夢的夜晚。夢裡都是端木，而自己有時是原本的模樣，有時會變成大明星，有時又像鬼魂，遠遠飄在外面，想靠近端木想得不得了，可是動彈不得。

夢裡的他無所適從，醒來後依然徬徨，坐在床上發了好一會兒呆。

安定心神的最佳方法就是烹飪。他想起端木說過喜歡胡椒餅，便打開網路搜尋食譜。

無論他們之間有沒有未來，他對端木的感激是不變的，親手做點心還能穩定情緒，一舉多得。正慶幸材料不難湊，作法也應付得來，他隱隱約約聽見樓下傳來的電鈴聲，眞是奇怪的時間，連麗莎都不曾這麼早出現。

電鈴還在響，一聲、兩聲……連續不停，引得他趕緊下樓查看。

明顯被吵醒的端木還慢了他半步，睡亂的頭髮尚未整理，襯衫鈕釦整排沒扣，踏出寢室時正用單手拉起長褲，抬眼不意遇上剛轉過樓梯口的舒清和。

兩人同時一怔，各自轉開視線。

舒清和努力忘記端木在長褲完全拉起前看見的景象，「抱歉，我……我……」

「不，是我應該穿戴整齊再出房間。」

「不不不，是我不應該這時候跑下樓，驚嚇到你。」

端木瞥了他一眼，「你沒有『驚嚇』到我。」

「不是驚嚇的話，是什麼呢？」

舒清和邁開短得很多的雙腿，跟上端木。兩人一邊糾纏不清地對話，一邊前往應門。

大門另一側，藍思禮的手指還壓在電鈴上，追魂奪命的鈴聲此刻忽然變得十分合理。

大明星昨晚在電話裡多次詢問舒清和的心情，他每次都回答自己很好、沒事。當時他就懷疑大明星並不相信，果然隔天一早就親自殺過來確認。

「早安，我來專訪。」藍思禮斜背著鼓脹的郵差包，身體歪歪倚著門框，超低腰緊身牛仔褲掛在屁股上，懶洋洋舉起單手時還能看見一小截光裸精實的腰線。

明明是同一副身體，爲什麼藍思禮使用的時候像極了時尚雜誌的記者？

端木呆了一會兒才找回說話的能力，「專訪？今天根本不是約好的日期。」

「我們還沒約定日期，所以也可能是今天，我不算違反約定。反正昨天那家爛透的公關公司不遵守合約，你們也無所謂嘛！」

「什……什麼？」端木瞠目結舌，藍思禮也怒目回視。

喜歡的男人和自己的身體互相瞪眼，舒清和一秒鐘都看不下去，伸手趕緊把藍思禮拉進屋內。

經過端木時，藍思禮將對方上下打量了一圈，「你的手沒有廢掉吧？」

「他是擔心你的意思。」舒清和忙打圓場。

「沒有，我是眞的想知道——」

「時間不多，請快點開始專訪吧！」不由分說，舒清和急匆匆把人拽上二樓。

逗留在玄關的端木正竭力壓抑心中的煩躁。

「要忍耐，端木沐。」他的大腦啓動了已重複無數遍的自我勸說，「這是工作，那傢伙是付薪水的雇主，相當優渥的薪水，値得你的忍耐。」

忽然，他的思路停頓下來。

太奇怪了，無禮的是記者，不是雇主，爲什麼這人帶給他的情緒與想法和過去藍思禮帶給他的一模一樣？

Chapter 27

「那個時候，電梯裡有其他人在！」藍思禮喊了一聲，在恍然大悟之後，緊接著的是牙癢癢的悔恨。

藍思禮告訴舒清和，他第一次造訪《盜火人》編輯部的那天，在電梯裡隨口聲稱兩人是「生死之交」、「無話不談」，詳細用詞已不可考。

在大明星的眼裡，除交談對象外，周遭的閒雜人等皆是模糊背景，他根本不曾留意，沒想到被有心人士聽到，並且記在心裡，胡亂惹事。

之後藍思禮便開始抱怨梅曦明如何如何混蛋，這部分舒清和就聽不懂了。

「梅曦明總經理？爲什麼跟他有關係？」

「怎麼沒關係？全怪他太囉嗦，害我分心，沒顧慮到旁邊是不是有外人，你可以把木沐的傷也怪到他頭上。」

舒清和依然不明白，總經理當然有缺點，印象中曾聽過的大概有自戀、風流、任性、不上進……就是從來不包括囉嗦。再說，總經理極少多看相貌平凡的基層員工一眼，怎麼會來跟他囉嗦？

藍思禮仰起頭，對著天花板大皺眉頭，還在努力回憶當天說過的話。

「我記得親口提到過丁路亞的生日派對，還有梅曦明和他的風流韻事，就這樣而已。羅宋湯的公寓純粹是碰碰運氣，丁路亞哪天不去，偏要挑媒體都在追逐婚變消息的關頭現身，只能怪他太蠢。」

「你知道那間公寓，因為你、你去過嗎？」

「收到過邀約。」提起陳年往事，就像聞到腐壞的肉，藍思禮揪起了五官，嫌惡道：「不過我已經先聽說過公寓的用途，那種噁心的鬼地方，一根腳趾頭也別想要我踏進去。」

幸好沒去過！如果丁路亞沒說假話，受害者必定比想像要多，舒清和眞擔心藍思禮也是其中之一。

他又想起丁路亞摻著嫉妒的指控，說藍思禮的後台硬，可以任意拒絕不合理的要求，看來也是眞話。

他先是為藍思禮感到慶幸，又痛惜藝人們需要強硬的後台才能免於業界敗類的染指。

「丁路亞提起的……交易，聽起來似乎不限於他和羅松濤，他還認為你聽說過這些事，但是不放在心上。」

「或許吧！圈子裡天天都有八卦流傳，內容虛實參半，好事之徒自行加料傳播的也不在少數，如果時時注意，樣樣放在心上，正事都不必做了！當然我就隨便聽過，不然能怎麼辦，到處伸張正義嗎？」

藍思禮以爲善良小記者會試圖說服他改變作風，卻見對方點頭贊同自己，「揭發醜聞、伸張正義的確不是藝人的工作——」

藍思禮喃喃道：「噢，不好了。」

接著就聽小記者說：「是媒體的責任！」

「是正經媒體的責任，比如說……比如說……」藍思禮努力想舉個好例子，可是他對媒體有偏見，實在想不出來，「總之，不是你們八卦雜誌。」

舒清和嘆了口氣，「我懂你的意思，沒人對八卦雜誌的嚴肅主題感興趣，看了也很難認眞對待。等我們取得證據，最好是交給眞正專業的新聞媒體，甚至檢調機關……嗯，沒錯，我得好好想一想，再決定下一步怎麼做。」

當年他懵懵懂懂進入傳播學院，畢業後向生活低頭，專寫不入流的八卦文章，但不代表他不相信報導的力量與新聞的價値。他仍然嚮往著讓世界變得更好，哪怕是微不足道的一點點改變，對當事人來說都有意義。

藍思禮朝天舉起雙手，「你爲什麼偏偏要在沒好處的地方忽然像個記者？」

「因爲，把一樁醜惡的交易寫成婚外情是我們的錯誤。」

「沒有那回事，明確指示要寫成煽情狗血婚外情的是小伍。」

小伍？舒清和駭異不已，難道是指伍、伍總編嗎？

「打擾了。」端木屈指敲了敲敞開的門板，端著早餐出現在門口，中斷了他們的對話。

藍思禮的空胃袋立刻發出焦急的咕嚕聲，今天他急著出門，什麼都沒吃，整個人飢腸轆轆。萬幸現在他不是大明星，無需顧慮形象，匆匆撲到餐盤邊，自顧自動起手來。

端木雖然和他水火不容，卻沒愧對助理的身分，送來的食物豐盛，兩人分食都有剩。

雙方針對專訪規則討價還價時，舒清和依照大明星的意思，堅持不允許第三人在場。

端木放下餐盤，詢問了兩人的需求後，只能按規矩離開，無法逗留。

工作時將端木排除在外是頭一遭，舒清和對此分外過意不去，又想起對方受了傷的手。

「或許我不該讓木沐辛苦端著食物跑上跑下。」

「相信我，他要是被阻止才會不高興。」藍思禮邊吃邊說，百忙中空出左手做了個含糊的手勢，「等著瞧吧！我們待在樓上的期間，各式各樣的茶水點心會不停送上來。」

舒清和咬著餐叉，懷疑對方話裡的可信度。不過，這是藍思禮的屋子，藍思禮的專訪和助理，自然是藍思禮說了算。

兩人吃飽後，決定多少做點工作，專訪畢竟有截稿期限。

一樓的用途只是待客和偶爾吃飯，藍思禮並不在乎，專訪的重點在二樓，那才是他花過心血裝潢布置，充滿大明星生活氣息的地方。

他領著舒清和走了一遍，介紹他的工作空間、收藏與嗜好。

「這個房間沒有正式的稱呼，麗莎叫它戰利品室。」

他們走進的房間擺滿了玻璃展示櫃、木製層架、大量的裱框照片，還有一個占掉整面牆、塞滿表演服裝的巨型衣櫃，全部都和藍思禮的職業生涯有關。

「家事服務員說這裡是紀念室，好像我已經掛掉了。木沐那個沒品味的傢伙則是隨便亂叫，什麼雜物間、儲藏室之類的。」

舒清和乖乖微笑，沒有傻到向藍思禮坦承自己也是叫它儲藏室。

對專訪來說，房間或許該被稱爲寶庫。收藏的範圍從各種版本的音樂出版品、紙本刊物、粉絲也可能取得的周邊，到從未公開的私人紀念物……不僅有滿滿的十年明星回憶，連正式出道前的受訓期間的相關物品也包括在內。

藍思禮隨意指了一張照片給舒清和看。那是他十年前的獨照，新人藍思禮拿著麥克筆，站在簽滿藝人姓名的牆邊，要笑不笑地瞪著鏡頭，他的外貌改變不大，只多了一絲隱約的青澀。

「這是開在公司宿舍樓下，生意興隆的早餐店，老闆夫婦一天到晚塞食物給我們，每個人出道後都會去牆上簽名。」他指向另一張合照，畫面中藍思禮和一對中年男女站在一起，這次他的臉上終於有個貨眞價實的小小微笑，「他們人眞的很好，比麗莎更早記住我所有的飲食禁忌。啊，你看這組照片——」

他讓舒清和翻拍照片，挑揀著喜歡的小故事說給對方聽，甚至提起當初進入演藝圈的契機。

「那時我終於脫離寄養家庭，北上找了個在餐廳端盤子的工作，結果做得一塌糊塗，老闆大概太善良，知道我沒錢、沒親友，不忍心趕我走。有個追星族同事說我唯一的優點就是臉，拜託我去參加選秀當明星，不要留著拖累他們。他是眞的熱心，還親自載我去電視台。」

後來他在抵達報名櫃台前就先被萬象娛樂截走的事，大家都知道了。

舒清和猛按快門的同時，忽然有些莫名的憂心，「這些事你從來沒在訪問中提過，率先讓我們報導眞的好嗎？」畢竟《盜火人》的名聲可沒有銷量那麼出色。

「有何不可？只要你記住，」藍思禮嚴肅地看著他，「交換回去之後，工作上發現什麼差錯，先想起我的正面貢獻。」

「喔，好、好的。」舒清和迷惑地笑笑。他的想像力不算豐富，大腦努力想了一陣，也想不出這麼短的時間內，有什麼差錯能蓋過這篇專訪的貢獻。

「可以拍幾張有你入鏡的照片嗎？」他指了指玻璃展示櫃。

藍思禮同意了，沒有多想便走到玻璃櫃前，舒清和拿起相機，兩人都愣了一會兒，才驚覺錯誤，又互相交換位置。

在鏡頭前擺姿勢，舒清和已經熟練很多了，自認不會丟大明星的臉。

然而藍思禮比任何攝影師都要囉嗦，眼睛透過螢幕看，嘴巴不停指揮，卻是怎麼調整姿勢都不滿意。原因他很清楚，並且無法挽救。

他偏過頭，從玻璃的反射瞥見暫時寄居的小記者的身體，兩片臀瓣渾圓挺翹，贏過自己的扁屁股不知道多少等級。他忍不住問：「你都做了什麼事才弄出這麼厲害的屁股？」

「喔，那個……」舒清和極少遭遇這麼直接的「讚美」，有點不好意思，「大概就是吃得正確，做一些特定的重訓動作，持之以恆練下去……」

聽到持之以恆，藍思禮當場放棄，煩躁全寫在臉上。

舒清和笑了起來，「如果你感興趣，我可以先幫你練，短時間也有效果。等身體習慣了，將來你想接著練，應該也比較輕鬆。」

藍思禮眼睛一亮，「太好了！你真的願意——」話說到一半，他忽然滿臉怒意，轉身揮拳狠揍某個周年紀念的超限量絨毛玩偶，「老子可是天王巨星，不需要爲任何人改變，敢嫌棄就揍死你！揍死你！」

舒清和驚駭地看他發洩，張大了嘴巴，一會兒又閉起來，決定順從直覺，不要深究。

藍思禮氣呼呼地練了一陣拳，把玩偶揍得跟他的屁股一樣扁，才悻悻然停手。離開收藏寶庫，見到沐浴在明亮陽光下的三角鋼琴，藍思禮的心情總算好轉。他在交換人生之後最爲想念的，就是親手彈奏出的美妙琴音。

「我和母親之間的正面回憶都來自鋼琴，所以我在開始賺錢以後的第一筆大花費，就是買下這架鋼琴。」

「令堂算是你的音樂啓蒙嗎？」

「可以那麼說。在她開始怨恨整個世界，用藥物和酒精把自己早早送上西天之前，的確開啓了我的音樂世界。待在寄養家庭的期間我很少接觸音樂，跟鋼琴的緣分中斷了多年，後來萬娛知道我學過一些，才找老師來繼續教我。」

藍思禮輕描淡寫地說著，一隻手掌滑過鋼琴頂蓋，黑色漆面一塵不染，完美映出他的倒影。

他瞥了眼附近牆面的溫濕度計，數字很理想。即使眞正的主人缺席，這架琴仍然受到細心維護。

他掀起鍵盤蓋，歪頭考慮了片刻，「剛才那些都別寫進去，簡單說我媽教過我鋼琴就好。」

他可還沒準備好讓人同情，也或許永遠都不會準備好。

藍思禮坐上鋼琴椅，本想調整高度和距離，又覺得椅子變成適合小記者的身材太可疑，於是作罷。

儘管坐姿不夠正確，當藍思禮將手指擺上琴鍵，光滑微涼的觸感仍舊美好，彷彿歸鄉。他挺起背脊，微微前傾，隨著十指飛舞，室內終於又響起久違的琴音。

可惜的是，屬於大明星的腦子知道如何彈奏，缺乏肌肉記憶的小記者身體卻是另一回事，掌幅和指長也異於以往，動起來遠遠不及從前靈活流暢。

彈了幾小節後，藍思禮懊惱地皺起眉頭。

舒清和天生缺乏音樂細胞，耳朵也不靈敏，倒覺得十分動聽。嘆服之餘，他靈機一動，舉起相機，連按幾次快門。

藍思禮抬眼看他，懷疑小記者是否又忘記彼此的處境，拍錯了對象。

舒清和卻彎著眉眼笑著，「我在彈藍思禮的鋼琴耶！太夢幻了，一定要留下證據，將來炫耀給我妹看。」

他笑得開心極了，獨照拍不夠，還擠到鋼琴椅上，轉過相機，和藍思禮來個自拍合照。

藍思禮嘴上嫌棄他無聊，卻還是配合瞪向鏡頭。

相機讀秒後喀擦一聲，拍出咧嘴笑的大明星和皺眉擺酷的小記者，詭異得像修圖技術拙劣的假照片。

於是他們修正重拍，舒清和努力擺出想像中的跩臉，看上去有八成像胃痛；藍思禮一臉虛僞假笑，陰涼氣氛都快溢出螢幕。

「算了，別浪費時間，」藍思禮看著兩張成品，搖搖頭道：「合照等身體換回來再拍。」

「換回來之後？」舒清和有些驚訝，大明星不打算徹底遺忘這段悲慘遭遇，還願意和他這個八卦記者來往？

「現在好幾個人都知道我有位記者朋友，絕交還要想理由，太麻煩。」

朋友，藍思禮認爲他是朋友！

很缺朋友的是大明星，聽了心裡溫暖的是小記者。舒清和正想說些感性的話時，忽然聽見木板被敲擊的聲響，及時閉上了嘴。

這不是端木第一次打斷他們，也不是第二次、第三次……藍思禮的鐵口直斷真的應驗了。端木三不五時就用各種藉口上樓來，送零食送蛋糕、沏茶泡咖啡，招待異常殷勤。

藍思禮也不客氣，每次都有各種要求，想吃這個、喝那個，下單豪邁。

端木竟然沒有半點為難或不悅，沉默著接受厚臉皮客人製造的所有麻煩。

這回送來的是餅乾和果汁，端木彎下腰，把點心盤、玻璃杯和果汁壺，一樣樣移動到離鋼琴最近的矮桌。警戒的視線稍稍抬起，停留在鋼琴椅上兩人緊挨著的肩，臉色陰暗了些許。

藍思禮注意到了，他不懷好意地歪起嘴角，「我還想喝星巴克的焦糖可可碎片星冰樂。你呢？你喜歡他們的肉桂捲對吧？」後一句是對小記者說。

舒清和對於任意支使端木感到不太自在，可是藍思禮都開口了……

「請、請幫我買一個肉桂捲，如果不會太麻煩的話。」他語帶歉疚且越說越小聲。

端木二話不說，點點頭離開。

「我給他更多的理由，可以不時闖進來防止你被欺負，他感激都來不及，哪會嫌麻煩？」藍思禮開始朝餅乾進攻。今天吃得太豐盛、太美味了！

「你覺得他是因為關心我，所以費這些功夫？」

「不然呢？」

舒清和低頭看著手裡的餅乾。他剛咬下一口，雖然受心事影響，頗有些食不知味，但他知道餅乾是深受藍思禮味蕾青睞的檸檬味。

端木關心的到底是誰？有一天他也會願意記住自己的口味嗎？

「請問……我可以喜歡木沐嗎？」

舒清和的聲音好微弱，差點要淹沒在藍思禮大咬餅乾的喀啦喀啦聲中。後者皺起眉，不明白小記者爲何有此一問，端木既不是他的兒子，更不是他的老爸，幹嘛徵求他的同意？

對此，他只想到唯一的可能性，「你想跟木沐交媾？好啊！」

舒清和急忙嚥下餅乾，不小心嗆了個滿臉通紅。

「不、不是、那不是我……我不是不想，還太早……何況他未必……我是說，我是想問，我原本的意思是……」他雙手蓋住眼睛，困窘得語無倫次。

藍思禮用接近死亡的眼神，瞅著面前又羞又急、可愛到快認不出是誰的臉。如果不是忌憚端木，他眞的想揍小記者！

等小記者冷靜到足以清楚說話的時候，藍思禮已經在一旁慢條斯理地嗑掉了三片餅乾。

舒清和講述了他和端木在醫院的交流。說到後來，終於能鼓起勇氣向難得安靜聆聽的藍思禮表達了心中的渴望與憂慮，包括對端木的強烈好感，卻因爲身分狀態尷尬，不敢輕舉妄動。

「我好怕會錯意、表錯情，萬一木沐……一直喜歡的是你呢？」

「他才沒有，不要鬼扯好嗎？」白眼翻得太用力原來會有點暈，藍思禮伸指按著額側，「跟你不同，我看得出一個人到底喜不喜歡我，即使對方矢口否認也沒有用。」可惡，他幹嘛又想起某個風流自戀狂！

「但是……我很平凡、很普通，你不認爲……木沐將來見到眞正的我會感到失望嗎？」

「如果木沐是這種程度的淺薄貨色，你幹嘛還要他？更重要的是，你爲什麼不假設他知道眞相後開心死了？」

在藍思禮看來，後者大有可能，搞不好端木正躲起來寫少女日記，爲意外喜歡上雇主而困擾。

舒清和咬著嘴唇不作聲，不敢讓自己樂觀。

藍思禮聽見樓下大門的開關聲，知道星巴克即將送到了，焦糖可可的香甜滋味立即在腦中湧現，舌底生津的同時也激發了靈感。

「就當作是禮物，送你一點信心吧！」

「什麼意思？」舒清和問。

「你相不相信我？」

都交換了生活，不信任也不行吧？舒清和遲疑地點了頭。

「很好，你閉上眼睛，從五開始倒數。」

舒清和乖乖照做。

五，他聽見樓梯傳來的動靜。

四，有人上樓，是木沐的腳步聲。

三，腳步聲越來越近。

二，木沐來到了門邊。

一，在聽見指節依照慣例地敲擊木板前，某個帶著溫度、柔軟微濕的東西貼到了他的唇上。

Chapter 28

舒清和嚇得睜開眼，一時卻什麼也看不清。因爲藍思禮整個人緊黏著他，胸貼著胸，兩隻手分別箝住他的肩膀和腦袋，眼鏡都被撞歪，模糊間只看到對方的睫毛。

交換靈魂後，舒清和還以爲不可能擁有更詭異的體驗，直到現在，被自己的身體強吻絕對排在第一名！

嘴唇被吻得死緊，所有吃驚的聲音發出來都像垂死呻吟，舒清和的大腦當機了大概兩秒鐘，然後才開始推拒、掙扎。一切的努力卻像小水珠掉進海洋，看不出效果，他都不知道自己的身體有那麼強壯！

好不容易重獲了自由，舒清和扶正鏡框，視野開闊後的第一眼是端木單手揪住藍思禮的後領，後者如飛般遠離自己。

他驚呼一聲，看著藍思禮被甩進另一張單人椅，衝力過大，把椅子也連帶撞倒，摔翻在地毯上。

端木緊接著踏上一步，左手握成拳頭。

意識到強吻這一幕在端木眼裡的可能模樣，舒清和來不及細想，撲上前抓住端木的手臂，張口嚷道：「別傷害他！拜託，他對我很重要！」

藍思禮挨上兩拳或許不算無辜，但那可是他的身體啊！

端木陡然煞住了動作，與其說是聽進勸說，更像是中了石化咒語，好一會兒才緩緩轉身。

他望向舒清和的神情令後者心驚。端木已經沒有握拳時的憤怒，而是展露出強烈的失望，漆黑的眸中空空洞洞，好像某種珍視的事物剛剛被人親手捏碎，而兇手正是抓著他的舒清和。

端木垂下視線，先掃向地板上的藍思禮，又移回舒清和的臉。他的拳頭慢慢鬆開，肩膀垮了下來，臉頰肌肉卻繃得死緊，彷彿能聽見牙關摩擦的聲音，「是我多事了。」

他抽回了手臂，身體依舊如石像般僵硬灰白，接著便朝門外走去。

舒清和呆呆望著端木消失在門外樓梯口。他的思緒一團亂，不明白發生了什麼事，爲什麼發生，更不知道該怎麼辦。

「嘖，吃醋的男人眞是可怕。」藍思禮站起身來，單手梳理著亂掉的頭髮，一面走向桌上的星冰樂。他需要糖分壓壓驚。

「爲、爲什麼突然吻我？」舒清和哭喪著臉，「木沐誤會了，他看起來很難過。」

「你要是懂他爲什麼難過，現在就馬上做個決定。」藍思禮拿了冷飲，扶正椅子，坐下來翹起腿，「你可以完全不行動，那這整件事就算了，讓木沐自然死心，過幾天一切都會恢復到我們剛交換的時候。或是——

「你立刻追上去，把萬禧飯店發生的意外，從頭到尾坦白清楚，再向他吐露你至死不渝的愛。記住，兩件事的順序不可更改，是你愛上他，與我無關喔！」

藍思禮不否認他吻舒清和，有一部分是因爲喜歡作亂，他想嚐嚐和自己接吻的滋味，既然要吻，還有什麼比讓端木當觀眾更刺激有趣呢？

可惜的是他毫無感覺，親吻自己極其無聊。

舒清和習慣性咬了咬嘴唇，並沒有多花時間猶豫，連他自己都感到意外，「木沐會相信這種怪事嗎？」

「說出實話，不是爲了現在，而是著眼將來。」小記者顯然選擇了坦白，甚合藍思禮的心意，他咬著吸管，眼底閃著期待的精光，「你曾經試著坦白，對你們的將來很重要。木沐現在的懷疑有多深，眞相大白時的愧疚感就有多強，你正好大占便宜。」

「我沒有想占木沐的便宜。」

「好啦，你用大占便宜的局勢去吃虧，吃到飽好不好？」

「如果他不想聽呢？」想起端木離去前的神情，舒清和忍不住又紅了眼眶。

「看過驅魔類的電影嗎？」藍思禮耐著性子問。

「看過啊，有什麼關聯嗎？」

「惡魔不聽，難道神父就停止念經了嗎？沒有吧！沒有你還不趕快行動，念到他全部聽進去為止！」

一樓餐廳落地窗外，端木在庭院裡踱著步，像一頭關在籠中的熊，焦躁地走來走去。

舒清和的出現完全沒有引起端木任何注意。他不敢出聲，也不踏進院子，他只是見到端木的背影，演練過的說詞就已經忘掉一半。

端木在他的注視下來回走了兩趟，第三次轉身時抬起頭，發現有人在場，著實吃了一驚，「你站在那裡多久了？」

顯然不夠久，勇氣還在累積，舒清和的視線和端木相遇時，剩下的一半說詞也都忘了。

他捏著襯衫衣襬，目光尷尬地挪向端木腳下的草皮——大門口的盆栽和庭院的草皮、花叢都有園藝公司負責，每月大概修剪三次，一直維持著健康漂亮的狀態。

「藍思禮？」怎麼忽然對著地面出神？端木嘆了口氣，「你到底想幹嘛？」

「我不是藍思禮。」

突兀的資訊衝口而出，兩人都睜大了眼睛。

雖然不是計畫好的說詞，但此刻也只能硬著頭皮繼續說下去，端木蹙起眉頭的模樣對舒清和的緊張毫無幫助，後者索性當一隻鴕鳥，閉起眼來講。

「那個在二樓來專訪的記者，他才是藍思禮，我是、我是……不值一提的小人物，不是什麼大明星。舒清和是我眞正的名字，那天在萬禧飯店的側門，你幫我扶機車，是我們第一次見面。」

舒清和鼓起勇氣睜開眼，一顆心陡然下沉，端木的表情不太妙，距離送他去尋求醫療幫助恐怕不遠了，可是他已經無路可退。

「喜宴的舞台發生意外的時候，我和藍思禮摔在一起，忽然我就變成了他，他變成我，誰也不知道原因……在那之後，我被你們帶回藍思禮的屋子，過著大明星的生活。這段期間，多虧有你，處處照顧我，要不然我一定早早就崩潰，被關進神祕的實驗室，切成好幾塊做研究。

「你、你眞的很好，所以我想說，想告訴你，我……」我很喜歡你，當一切恢復正常，「我們可以一起吃飯嗎？」

「吃飯？」端木喃喃複述。

「就是……出去吃……」兩個人交往，出去約會，包括吃飯！可是舒清和的舌頭打結，總是漏掉關鍵字句，「你一定很困惑對不對？沒關係，我會給你時間和空間，你慢慢想，慢慢決定，不急的。」

端木的眉頭沒再皺得像麻花，而是圓睜著雙眼，直盯著舒清和。他的眼神天生銳利，嚴肅起來又加倍冷冽，舒清和沒說半句假話，在他的目光瞪視下卻像個心慌的小賊。

舒清和一口氣把話說完就開始往後退，看端木的嘴唇動了動要開口，竟然轉身一溜煙拔腿跑了。

舒清和以破紀錄的速度逃回二樓，他感到全身發熱、臉紅氣喘，在桌邊倒了一大杯果汁，咕嚕嚕灌下喉嚨。

果汁清涼順口，可惜治不了他的懊惱情緒，更不能逆轉時光，修改他的解釋和告白……如果那種東西眞的能稱作告白的話。

藍思禮難得體貼，沒有出聲打擾舒清和的內心劇場。他悠哉地滑著手機，向編輯部回報專訪進度；點進自己的明星IG，感受排山倒海的粉絲關懷，最後對著幾則寵物短片呵呵笑。

十幾分鐘後，他關閉手機螢幕，舒清和依舊杵在原地，雙手握著玻璃果汁杯，微側著臉望向窗外。對方眉眼間的憂愁濃得化不開，讓他想起自己的情歌精選專輯封面。

他先花了點時間欣賞自己的巨星風采，而後才慢慢開口，「考量到木沐的個性，加上那是我的身體，我知道不太可能發生類似直衝本壘的飛躍性進展。即使如此，你也回來得太快。」

「木沐需要一點時間思考，我就……先離開……」舒清和又喝下一大口果汁掩飾心虛。

「你說出了事實眞相？」

舒清和點點頭。

「加上告白？」

這次的點頭速度慢得多，加上輕微臉紅。

「木沐信不信？他的反應如何？都說了什麼？」

「他……沒說什麼。」

藍思禮的表情滲進一絲懷疑，「眞的？他沒問你任何事？」

「沒有問。」

「你逃得飛快，我要怎麼問？」

端木低沉的聲音忽然出現在背後，舒清和嚇了一大跳，發出讓藍思禮很不滿意的驚叫聲。

藍思禮翻了個大白眼，「你們兩個成年人，還要樓上樓下、你追我逃玩多久？我有工作，不能整天看你們胡鬧。」

端木沒有指出究竟是誰最先開始胡鬧，直接了當地開口，「可以爲我演唱〈北極星〉嗎？」

「……什麼？」舒清和愣了兩秒才意識到端木是在對他說話。

聞言，端木用相同的平穩語調又問了一次。

舒清和遲疑地看向藍思禮，對方聳聳肩，算是同意了這個要求。

舒清和爲難極了，一個頭忽然有兩個大。

對於音樂，他向來是聽眾，平常連KTV也不愛唱，推不掉親友和同事的邀約，就去吃吃喝喝、享受氣氛，混過一整場。現在要他在歌壇大明星、在意的男人面前清唱藍思禮的作品，還是一首柔美緩慢的情歌，窘迫的程度簡直達到了人生高峰。

他又灌下兩口果汁，清了清嗓子，同時在腦中不斷重溫歌詞、曲調，祈求上天幫助他順利通過考驗。

唱不好會惹惱藍思禮，沒有正常人會想要惹惱藍思禮。

舒清和站在房間中央，背脊冒出汗珠，視線對著地毯開唱。

一切竟然沒有想像中糟糕！他驚豔於自己聽見的優美嗓音，甚至生出自信……短短幾秒鐘的自信。緊接著這裡慢了一拍，那裡搶了半拍，好幾個音連續歪掉，高音拉上去像火車出軌，而他不得不繼續讓列車在軌道外橫衝直撞……

端木聽得專心，瞳中閃著異樣光芒，目光一瞬都沒有離開過演唱人。旁人若是只看他的表情，都要誤以為小記者眞的唱功如神了。

藍思禮卻是半秒鐘都無法再聽下去，「不要唱了！」他抄起椅墊，砸向小記者，「不准再唱下去，永遠都不准再唱了！」

「哇啊！對、對不起嘛！」

舒清和抱著頭左閃右躲，藍思禮持續用椅墊追打對方，吵吵鬧鬧之際，幾聲不合氣氛的低笑傳了過來。

兩人都停下動作，循聲轉頭。

「太好了……」端木把臉埋在雙手裡，笑著呼出一口長氣，「太好了，我喜歡的人不是藍思禮，太好了！」

「沒有好到需要連說三次吧？」藍思禮忿忿將椅墊丟向端木。

端木伸出左手輕鬆接住，笑容加深，難得露出一口白牙。

「藍思禮對他的歌喉和曲子非常自豪，寧死也不可能故意搞砸，你們兩個確實……標示和內容不符。」

藍思禮哼了一聲，「你還算了解我。」

事情的變化快得叫舒清和措手不及，他還沒有脫離緊張狀態，腦袋還在發昏。

木沐相信他？聽起來無比荒謬的靈魂交換，木沐眞的接受了？患得患失的心情太強烈，舒清和反而不敢相信。

「所以，你剛剛說你喜歡的人不是藍思禮，意思是……」

「我的意思應該很明顯。」

舒清和猛力搖頭。

端木對著他微笑，「我很願意和你一起吃飯，出去吃。」

「哦……」

剛才覺得糗死人的告白，由端木口中說出來，滋味竟然甜如蜜糖。舒清和這回的臉頰紅熱伴隨著欣喜的光彩，點亮了整張臉，終於和所有的負面心情毫無關聯。

互通了心意，他們沒有急切地迎向彼此，仍然各自留在原地，隔著半張地毯的距離，唯有目光緊緊交纏，繾綣難捨。

端木凝視著他的眸光很明亮、很暖，眼中映著的雖是藍思禮的身影，但是舒清和相信對方能看見眞正的自己。

舒清和的生命裡多了端木，他的世界大得像擁有一切，同時又小得彷彿只有彼此的存在……

「到底要不要親？要不要抱？」遺憾的是，眞實世界裡還是存在著煞風景的其他人。藍思禮懶洋洋地癱在椅中，活像個等戲院開燈散場的觀眾，「幸好人類不需要靠你們繁衍，不然早就滅亡了。」

被這麼一鬧，再好的氣氛都消失得無影無蹤。舒清和羞赧一笑，喃喃說著需要下廚做點什麼安定心情，便跑去了廚房。

「一整個早上都在吃吃喝喝，竟然還要繼續嗎？」藍思禮嘴上嘟噥，卻還是跟著端木一起下樓。

經過廚房，舒清和已經在裡頭忙碌，檯面上擺出許多其他兩人都看不懂的材料。端木有意協助，然而他在廚房造成的傷害往往大於幫助；藍思禮毫無意願出手，只在一旁鼓吹小記者放棄，改叫外送更輕鬆。

最後，兩人都被舒清和勸離了現場。

他們在客廳坐下，端木幫藍思禮倒了杯咖啡。現在他看對方的眼神不同了，從無禮的記者到無禮的大明星，欠揍的本質雖不變，後者畢竟是相處近兩年的雇主，可容忍的程度自然大大不同。

「你的接受度倒滿不錯的。」藍思禮好奇地瞄他。

端木微微一笑，「或許我是太想要接受這個好消息。」

他也苦惱了好一陣子，尋找不到合理的解釋，如今得知眞相，一切看來都清晰明白，這兩個人的怪異言行也變得理所當然。可是若要他自己猜，永遠都不可能往這麼神奇的方向推測。

「你住在哪裡，安全嗎？」

藍思禮從包包掏出名片，寫上私人地址，扔給端木，「整條巷子都在賣食物，對意志力薄弱的人來說不太安全。」

那是舒清和的記者名片，上頭除了姓名和公事上的一般資訊，還有個鮮明的《盜火人》標誌。

「這段時間你都在假扮八卦記者？」就算手裡拿著名片，端木還是感到難以置信。

「沒錯，過小記者的人生，做小記者的工作。」藍思禮頓了頓，補充解釋道：「我都叫他小記者，很適合吧？你可以叫他小和，他的親人、好友跟男朋友都是那麼叫。」

「男朋友？」

藍思禮得意地奸笑，他要的就是端木的震驚表情。

「我已經處理掉了，現在已經是前男友，你也才能趁虛而入。我對你的大恩，不必言謝，我只接受實質的回饋。」

這整段話有好多糟糕的地方，端木努力忽視「趁虛而入」四個字，「處理？不會是埋進深山裡了吧？」

「沒有，還活蹦亂跳的，你最近一定也見過他。」

最近他接觸的都是安千緹的案子，人事並不複雜，很容易就能串起所有的小事件。端木馬上想起某個安千緹的公關專員，每次那人出現，藍思……小和就顯得古里古怪、焦躁不安，還編了理由說是以前認識。

端木想起上回在攝影棚休息室撞見藍思……小和淚眼婆娑，也是先在走廊和那個公關擦身而過。

「是那個安千緹的公關……」端木忍不住握了握拳頭，「可惜你沒有把他埋進深山裡。」

藍思禮端起咖啡，另一隻手指著他，「你最好別和那傢伙一樣渣，不然我會把你埋進深山裡。」

藍思禮的威脅端木不以爲忤，他微微一笑，意外之中也有高興，藍思禮似乎眞的交了個朋友。

Chapter 29

藍思禮愛的是胡鬧，可不愛當電燈泡，沒等小記者在廚房忙出結果，他便告辭離開。

坐進計程車，藍思禮想了想，要司機開到火車站，他鬼使神差地搭上列車，回到身分證上記載的那個小城鎮。

這一趟意外行程，追根究柢，都要算到小記者頭上。

專訪時，他們意外發現藍思禮的出生地正巧是小記者的故鄉。

儘管兩人不曾有交集，學校、平日的交通路線、生活圈子全然不同，小記者還是聊得很起勁，認爲同鄉情誼難能可貴。

藍思禮成年前換過好幾個寄養家庭，住過數個大城小鎮，家鄉對他來說只是個模糊薄弱的概念。可是當小記者神采飛揚說起那些他還留有一絲印象的景物時，他的心中忽然湧起自己難以理解的懷舊之情。

不知道他和母親住過的地方，那間充滿音樂的小屋，現在是怎樣的景況？

這念頭一旦紮根，便揮之不去。

況且，現在或許是他能夠暫時卸去大明星的外皮，不需要閃躲鏡頭或視線，輕鬆自在返鄉的唯一機會。

於是他知會編輯部，說要到大明星的家鄉拍幾張照片，豐富專訪內容。接著歷經兩個半小時的車程，問了幾次路，加上幾分好運，終於站在他人生的第一個家的門前。

屋內飄出來的不是樂音，而是食物香，他的第一個家現在是連鎖麵包店。曾經擔心會觸景而生的感傷、難過，甚至怨憤，都空空如也。

藍思禮暗暗嘆了口氣，拍下幾張街景照，說不出心裡是遺憾多一點，還是輕鬆多一點。

他讀過的小學倒是屹立在原處，母親的狀況轉壞時用來逃避的圖書館也是老樣子。

他一直都喜歡圖書館。失去母親後，藍思禮心理與經濟上都不好過，他在寄養家庭裡適應不良，書本中的世界變得更加重要。

一直到他有了收入之前，免費閱讀的圖書都是他最主要的休閒娛樂，如今他的財富已經夠他隨心所欲生活，這項愛好仍然排在前幾名。

從圖書館逛了一圈出來，藍思禮已經想不到其他的故鄉回憶。他杵在路邊查看手機地圖，考慮著下一個地點時，忽然有部機車停到了他的身旁。

女騎士掀起面鏡，彎起眼朝他笑，「哥，叫你好幾次，怎麼都不理人？」

藍思禮不記得小記者的妹妹長相如何，更不記得她叫舒錦和。但是她喊的那一聲「哥」，再看她的笑容和氣質，要快速辨識出她和小記者屬於同系列產品的特徵並不困難。

「喔，忙著查工作要用的資訊，沒有聽見。」藍思禮回了個從容的微笑，他記得妹妹是粉絲，對待粉絲必須溫柔。

「算你運氣好，這樣都能被我遇見。」

舒錦和從車廂拿出一頂安全帽，藍思禮順手接過，困惑地看看帽子，又看看對方。

舒錦和跨上機車，催促道：「快點，前面要變燈了，拖拖拉拉的就讓你走路回家喔！」

沒關係，妳趕妳的綠燈，我走路去車站，下次再回家——可惜藍思禮不能這樣回話。

小記者是乖兒子，這段期間他和家人只有文字上的交流，已經足夠可疑。要是連返鄉都不進家門，定會惹他們傷心，那和趕走渣男的等級可是天差地遠，他會很難跟小記者交代。

反正只是吃頓飯，就當是應酬。或許他和小記者是世上特別有緣的兩個人，一撞就交換了人生，隨便走在路上就被載回家。

舒錦和載著他抵達的區域到處都是外表差不多的透天住宅。他們騎進其中一間的院子，旁邊停著另一輛機車和腳踏車，許多綠色盆栽隨意放置，看起來不像受到悉心照料，卻長得枝繁葉茂、生意盎然。

舒錦和一進門就扯開喉嚨叫嚷，「媽，我在路上撿到妳兒子！」

「哪個兒子？」遠遠有個女性聲音回應，「舒雅和，你是不是翹課跑回來？」

「不是雅和，是另外一個在賣肝的兒子。」舒錦和說道。

急促的腳步聲緊接著響起，藍思禮只在照片上看過的舒家媽媽，帶著大大的笑容，匆匆趕到客廳迎接兒子。

舒家媽媽的外表和來不及變老的藍思禮生母截然不同，她有張平凡的圓臉，眼角看得到許多紋路。她不是彈得一手好琴的美女音樂家，不過她散發出一股溫暖，讓人心生親近。

「哎呀，要回來也不先打個電話，幸好今天去了趟市場，有你愛吃的菜。」

藍思禮愣了一下，還沒答話，她又快步返回廚房。

他跟了過去，鼻子聞到炒菜香，肚子立刻有反應，咕嚕嚕悶響。他自靈魂交換以來餐餐外食，沒什麼機會吃到家常菜，實在有點想念。

「臨時才決定要下來，在附近有工作，忙得忘了打電話。」

舒錦和兩耳一豎，好奇地湊過來，「你在這附近工作？有什麼八卦嗎，哪個藝人？」

藍思禮橫了妹妹一眼，「是正經的報導。」

一聽不是八卦，舒錦和便失去興趣，沒再多問。

母女都在忙各自的事，藍思禮終於有了餘裕多看屋子兩眼。

他的第一印象就是東西又多又雜，除了功能性家具以外，屋裡還有琳瑯滿目的擺飾，牆上、地面、桌子、包括一部分座椅，能置物的平面都沒被放過。

假使一名偵探走進來，光憑客廳的線索大概就能為每個家庭成員推理出一本傳記，寫出十人份，儘管這是個六口之家。

大明星當久了，其中一個好處就是走到哪裡都能大搖大擺，像回自己的家。藍思禮把包包扔到某個……已經被好幾個背包和衣服掩埋的不知名家具上，坐進沙發歇一歇今日頗受操勞的兩條腿。

然後他聽見油鍋滋滋響，抽油煙機轟隆隆運作，嘆口氣又站起來……乖兒子不應該迴避廚房的工作。

在職場，只要做好分內工作，不造成同事困擾，基本上沒人在乎他似乎變了個人。但是在父母面前舉止異常，將會後患無窮，他雖是孤兒，這點常識還是有的。

可他剛踏進廚房，就被舒媽媽搶先一步揮手趕開，「搭長途車辛苦，不要把自己搞得那麼累。去去去，去客廳休息，很快就開飯了。」

藍思禮很想從命，又有點猶豫，瞥眼見到舒錦和在準備碗筷，決定折衷辦理，過去幫妹妹的忙。

舒錦和看兄長接近，抬起可疑的目光，「就算你現在幫我，也不要指望我幫你洗碗倒垃圾喔！」

洗碗倒垃圾？藍思禮震驚地瞪大雙眼。他長期聘請專業人士代勞家務，都忘記世上還存在著家事分工。

「哥哥難得回來，工作又累，妳不能幫一下嗎？」他不諳手足之間的互動方式，只能靠想像力應答。

「才不要，我上班也很累。大家說好輪流，你可不要賴皮。」

談判破裂，藍思禮一言不發進了廁所。

舒錦和不怎麼在意，繼續從櫥櫃裡拿出碗筷擺放。

幾分鐘後藍思禮回來，拿著手機湊到她面前，「喂，有人要跟妳講電話。」

「誰要跟我說話？」舒錦和一臉莫名其妙，偏頭去看，一看到視訊畫面就扯不開視線。

「嗨，舒錦和小姐對嗎？妳、妳好！」

分明是藍思禮的臉出現在畫面上，對她微笑！

「那個……小和他、他是我朋友，今天工作很辛苦，」那個分明是藍思禮的聲音頓了頓，又補上一句，「啊，我知道妳也工作辛苦了，這是當然的。」他露出迷死人的笑容，眼裡還帶了點歉意，好像讓粉絲接他的電話不是天賜的禮物，而是一種打擾。

舒錦和很想回覆些什麼，張大了嘴巴，聲音卻發不出來。

偶像不介意她的傻樣，繼續說：「所以，就是……呃，不知道能不能拜託妳，看在我的面子上，今天幫小和洗碗倒垃圾呢？他下次一定還妳，我保證。」

對方的鏡頭外似乎有人嘆了口氣，舒錦和沒空理睬，只是拚命點頭，「好、當然好，我、我很願意！」

對方明顯鬆了一口氣，「眞的很謝謝妳。」

等到手機被拿走，有人說了聲拜拜切斷通話，晚餐的菜都端上來好幾樣時，舒錦和才回過神。

「剛、剛剛發生了什麼事？」

藍思禮警戒地抬眼，手中的一盤菜慢慢放下來，「妳答應要洗碗倒垃圾，別想賴皮。」

「你、你是不是找了長相和聲音都和跟藍思禮一模一樣的壞蛋來騙我？」

對啦，那個壞蛋就是妳哥！藍思禮翻了個白眼，「如果眞有這樣一個人，還願意幫我騙妳，他怎麼沒上遍綜藝節目海撈一票呢？」

舒錦和露出「眞有道理」的表情相信了兄長。她坐在桌邊，手掌支著下巴，眼神迷濛如在夢中，嘴裡剛吐出一聲嘆息，忽然又從椅中跳起，「太可惜了！」她的叫聲滿是懊惱。

「可惜妳在偶像面前一臉呆傻嗎？」藍思禮嚇了一跳，一不留神說溜嘴，小記者應該不會這樣跟妹妹說話。

「不是啦！」幸好對方沒有多餘的心思注意，「我不是跟你說過，我加入了一個滿大的粉絲社團嗎？成員之間會互相分享追星心得，尤其是和藍思禮的互動，像是在餐廳、機場之類的公共場合遇見他，有簽名合照就貼出來炫耀。」

藍思禮點點頭。他的粉絲社群多不勝數，只要達到一定規模，就有麗莎的團隊成員潛伏其中，粉絲之間的交流內容對他來說並不陌生。

「可是我只能獨自開心，根本沒辦法分享不是嗎？」舒錦和抓住自己的頭髮，崩潰大喊，「藍思禮打電話拜託我幫我哥洗碗？說出去鬼都不信，我會被當成發幻想文亂板的白痴啦！」

藍思禮一想，的確荒謬，哈哈大笑起來。

舒錦和嘟起了嘴，「哥，你怎麼認識藍思禮？他爲什麼願意幫忙？你是不是偷拍奇怪的照片威脅人家？」說到後來雙眼瞇起，隱隱透出殺氣。

口說無憑，藍思禮從包包拿來相機，打開檔案，一面對她解釋，「我是藍思禮專訪的指定記者，他不但長得帥、有才華，還非常大方慷慨，請他幫個小忙不算什麼。」當然，不能忘記順便自我吹捧。

「妳看，這些都是我今天的工作內容。」

藍思禮先讓妹妹看獨照，然後是屋子裡的各個角落，最後停在鋼琴椅上的兩人合照。

「他竟然有這種表情，我從來沒看過，好萌好可愛！」舒錦和捧住臉頰，小聲尖叫。

藍思禮知道她稱讚的是親哥哥，心中暗暗好笑。

「哥你最好了，照片傳給我，或是印出來給我！」

「這兩張合照不行，那是私下拍著玩的，他說了照片不可以離開相機，你只能現在看。」

「這樣啊，好，再讓我看五分鐘。」舒錦和說著雙手捧住相機，陶醉地盯住螢幕。

藍思禮覺得有些意外，本來他已經準備好要抵抗進一步的糾纏，沒想到妹妹這麼乖巧。果然優質明星就有優質粉絲，這話一點不假。

掌廚的舒媽媽時間算得極準，小記者的父親和祖母前後相差不到十分鐘進門時，飯菜正好擺滿了一桌。不算住在大學宿舍的弟弟，全家到齊開飯。

吃飯對藍思禮是項挑戰，他的父親在他出生前就離開了母親，他從小接收的、心中猜想的父親印象，全屬負面。他知道小記者的父親多半是個好丈夫、好爸爸，但是他管不住互動時的緊繃情緒。

幸好舒爸爸吃飯時很專心，對兒女的關懷就是簡單問幾句缺不缺錢、工作順不順利。舒家人都讀過萬禧飯店的意外報導，卻不知道小記者也在場，藍思禮當然不會自行招供，輕描淡寫說著一切都好。

至於祖母，她一看見孫子，整張臉都亮起來，讓藍思禮有股意外的熟悉感。幾句交談後，他發現祖母跟粉絲的差別不大。乖孫只要存在，祖母的好心情指數至少就有八十分，有開口聊天更好，即使是講講天氣也很開心。

於是他坐到祖母身邊吃飯，拿出粉絲見面會上的專業態度，留神回應對方的每一句關心，感覺終於自在了些許。

偶爾，他自知表現得不夠像小記者，就推給工作忙、累，那是小記者傳授的招數，舒家看待工作非常認真，通常不會繼續煩擾。

老實說，藍思禮覺得效果不佳，長輩們聽他喊累，便轉了個方向關懷，依然來勢洶湧，簡直就像這兩天網路上的粉絲留言。母親和祖母輪流叮嚀他好好吃飯睡覺、不要熬夜、定時運動、上次買的維他命別忘記吃……

祖母還說：「明天早上讓你爸載你去車站，比較快，可以多睡一點。」

舒爸爸嘴裡嚼著飯菜，點頭同意。

藍思禮努力藏住心中的驚訝，明早？他在跨上舒錦和的機車時，可沒料到這是一泊二食的套裝行程。

事到如今行程也不能退了，他掛起職業笑容，學著看過的戲劇節目，應了一聲，「好，謝謝爸。」幾個字滑過舌尖，感覺說不出的怪。

幾位長輩倒很高興，後來也不再多問他的生活細節。

飯後，長輩們撤到客廳沙發收看戲劇節目，妹妹哼著歌，心甘情願地負責洗碗。

藍思禮翹腳窩在飯廳一角，用手機傳訊息給小記者，解釋自己爲什麼在他的老家。

小記者的訊息來得很快，首先關心家人的情況。

「都不錯，你媽和奶奶的氣色很好，活力十足。你爸吃過晚飯之後比較有精神，人正在客廳看電視，我在餐桌邊都能聽見他的笑聲。」

「對啊，我爸就是那樣，有沒有餓肚子，心情差很多。」螢幕上呈現的是文字，卻彷彿可以看見小記者嘴邊的笑意。

「謝謝你願意花時間陪伴他們。我已經好一陣子沒回家，也不能講電話，老人家們一定很惦念，現在他們終於能安心了，全都要感謝你。」小記者果然完全不怪藍思禮亂惹麻煩、製造風險。

「你不介意嗎？」自己不說一聲就跑來侵占他的家庭溫暖。

這次回應的間隔比較長，小記者大概正在思考到底哪些事需要介意吧。

「你會在那裡過夜對吧？我的房間有一些學生時代的東西，可能有點傻，你看了不要笑我。」訊息後面是個尷尬遮臉的表情符號。

後來藍思禮早早和其他人道晚安，走進房間才搞明白小記者的意思。

牆壁上貼了好多海報，海報上都是同一個男孩偶像團體。他們的出道時間比藍思禮早得多，當年風靡一時，擄獲過無數少女的心，絕大多數是國中女孩子，男性粉絲稀少到一旦曝光就會慘遭同儕取笑的地步。

這個團體如今已不存在，成員單飛後鬧出各種醜聞，聲勢直線下滑，多年後的現在，演藝活動幾乎停止，往日的粉絲也不愛提起這幾名曾經的偶像。

藍思禮歪著頭，注意到海報表面的一塵不染。

小記者的臉皮薄，在敏感的青春期為男孩偶像著迷卻不躲躲藏藏，也接受家人代為打掃，可見他的嗜好和品味在這個家中受到尊重，沒有人指指點點取笑他。

藍思禮同樣不想取笑對方，反而有點羨慕。

不過若要把他塞進小記者的家庭，他也並不願意，他的年紀已經太大，要扭轉對家庭的感受已遲了太多年。小記者的家庭他以前只在書本上、歌詞裡看過，對他來說是個超越現實的存在。

他誠摯地希望，下次返家的乖孫、乖兒子，裡外都是小記者本人。

Chapter 30

爲了減少與舒家人相處的時間，藍思禮躲回房的時間實在太早，在床上躺了好一會兒，始終感受不到睡意。

他拿出手機來滑，意外發現一則來自總經理祕書的留言，要他隔天一早到總經理辦公室一趟。

去幹嘛？又要叫人罰站十幾分鐘聽廢話？

藍思禮皺起眉頭，不願意上當第二次，立刻傳了訊息，詢問對方的目的。

「總經理沒說，我只是傳達命令而已。」

二十多分鐘後傳來的回答根本是垃圾訊息。

「給我梅總的電話，我自己問。」

通常祕書是不可能答應這樣的要求，可他既然是個老練的祕書，就有本事察覺到老闆的心意，知道這個《盜火人》的小記者不適用所謂的「通常」。

祕書爽快交出電話號碼，藍思禮想也不想便按下通話鍵。

「梅曦明，請問是哪位？」電話很快接通。

哦對了，梅總不認得這個號碼，藍思禮忍不住得意地奸笑。

「是這樣子的，梅總，你在網路上購買的情趣用品，扣款時出了點差錯，可能會多扣你好幾倍的金額，所以要請梅總提供個人資料，協助我們解決問題。」他偶然聽人說過幾個詐騙案例，細節沒記住，意思差不多應該就可以了吧？

「一點小錢而已，要扣款就盡量扣吧！」梅曦明回話很快，幾乎沒有任何猶豫，「我比較感興趣的是你現在有沒有空？想不想約出來見個面，試用一下我購買的情趣用品？」

藍思禮皺起眉，愣了幾秒才罵道：「飢不擇食的色胚，你連詐騙集團也要拐上床嗎？」

線路另一端傳來梅曦明低低的笑聲，搔著他的耳殼，感覺竟然並不討厭。

「你以爲還有誰會直接叫我梅總？也不先把詐騙的台詞練好再來玩，你這個不用心的小騙子！」

「再那樣亂叫，我就要吐了！不但吐，我還要掛電話！」

「好，好。」梅曦明笑著答應，「你等一下。」

話說完，他似乎移動了位置，環境音減少很多，再開口時，聲音也變得更加清晰。

「接電話是個好藉口，不必繼續看我的家人內戰。他們每次見面都吵翻天，吵的人不膩，旁觀的人都煩死了。」

梅總也回原生家庭老家？眞巧。

「既然很煩，你幹嘛還回去？」

「問倒我了。」梅曦明笑了笑，「其實我們不太親，我媽見到我從來沒有半句好話，永遠不忘提醒我是個多麼令人失望的不孝子。至於其他上進的好兒女，大概是太上進了，整天只想鬥垮對方，她也氣他們吵鬧不休，把家裡弄得烏煙瘴氣。

「儘管如此，她就是不准任何人缺席這些狗屁家庭聚會。我的老家已經一點愛和溫暖都不剩，回家只有痛苦，然而我還是每次都乖乖回去感受痛苦。」

梅家不和睦，在外界並不是個祕密，藍思禮多少也知道，梅曦明的自述聽起來雖怪，他卻覺得可以理解。

「我猜想，人類的基因裡就是有這種莫名其妙的怪東西，即使被至親傷害，對眞人或回憶產生厭憎，你仍然會同時有著罪惡感。我還小的時候，唯一的親人過世時就是這種感覺，我花了很多年才擺脫副作用。」藍思禮忍不住娓娓道來。

「等、等一下，你從小就是孤兒？在世上已經沒有親人？」

噢，一不小心忘記自己的角色，不過藍思禮不是很擔心對梅總說溜嘴。

「不要破壞氣氛，就當那是個設定，我在說故事！」

「好、好，你說，繼續說。」

「其實也沒什麼好說的。」出道之前的事，藍思禮不愛提，尤其是他對母親過世的心情。今天第一次說出口，他有那麼一絲絲的後悔。「世界上多數的家庭就算不夠幸福美滿，成員彼此也是愛的成分大於怨恨吧？我不想被當成少數的怪胎。」

「少數的怪胎許多時候也是人間的瑰寶，世界因此多添了很多色彩和滋味不是嗎？我就很欣賞你們這些少數的怪胎。」

藍思禮不想承認自己有點喜歡對方的說法，哼了一聲說：「你身爲出版商，難道不應該更重視市場上的多數人嗎？」

梅曦明笑了起來，「有聽過那套賠到讓我們臉都綠了的波羅的海系列嗎？」

藍思禮雙眼一亮，「你選的書？我有買呢！」

「眞、眞的？」

藍思禮不自覺地點著頭，雖然對方看不見，他從坐姿改成仰躺，手機貼靠在耳邊。可惜這裡是小記者的老家，不方便開擴音說話，也不夠舒適。

他記得梅曦明提起的那套冷門書在他的架上已有好多年，有著很美的藍色封皮、華麗的燙金字、譯筆流暢優雅、故事引人入勝。他不懂出版這一行，完全不明白爲什麼這部作品銷售成績慘澹。

「看完第一冊的第一則故事，我就知道自己一定要買第二套，因爲它會被我翻到爛。」

整套十二本精裝書，不便宜，他眉頭不皺一下就訂購兩套，多少也有補償自己年少時的意味在。

「眞的？你有兩套？」梅曦明幾乎要說不出話來。他的這個小員工率直到接近粗魯，無論這是眞心欣賞他的眼光，或是故意編謊話討他開心，都是令人難以置信的天大驚喜。

「嗯哼，你這人沒什麼優點，就是品味不錯。」

梅曦明訕訕笑了兩聲，一時詞窮。

藍思禮對著天花板蹙起眉，「我難得說你的好話，你怎麼……沒什麼高興的感覺。」

「高興？在我聽過很可能是最動人的恭維之後？我的感受老早就超越高興，開始懷疑你眞的是詐騙集團，假扮成那個又凶又嗆、喜歡我的藍色小精靈的、的……哈哈！」本來他想照習慣親暱地喊對方小壞蛋、小炸藥，忽然記起先前的警告，及時打住，乾笑兩聲混過去。

「沒有人喜歡你的藍色小精靈！」藍思禮罵道。

聽對方凶起來，梅曦明反而嘻笑出聲。

「看吧，你把氣氛都破壞光了！」至於是什麼氣氛，藍思禮可說不清楚。

電話聊天這種事對他來說很陌生，一來是個性問題，再者他也沒交過幾個知心朋友。現在他卻和梅曦明透過線路不著邊際地閒扯，甚至不想停下來。

或許是受到端木和小記者的甜蜜氛圍影響，又意外來到這個陌生的家庭，孤單忽然變得難以消受。

「對了，還沒問你打電話找我有什麼事？」

其實可以不要問，一直鬼扯亂聊也很好玩。藍思禮為腦袋裡冒出的念頭吃了一驚，甩了甩頭，急忙說：「你叫我明天去你辦公室幹嘛？」

「喔……那件事啊……」梅曦明的語氣有點猶豫，人似乎又開始移動。

藍思禮實在納悶梅家到底多大，走著走著是要走到哪裡？

「現在談也可以，簡單說就是……我想到一個方法可以解決我對你的……念念不忘。」

不只念念不忘，還滿腦子性妄想吧？藍思禮本人倒是無所謂，反正到處都有許多人單方面迷戀他，早就見怪不怪，但是他幾乎能在腦中描繪小記者知情後驚惶崩潰的模樣。

對方把他的明星人生照顧得十分穩妥，甚至遇到攻擊事件……

藍思禮是該負起責任，解決這樁自己惹出來的孽緣。

「說下去。」他催促梅總。

「這一切都是新鮮感在作祟，你越是拒絕，我越是執著。所以應該反其道而行，你讓我得手，我就會覺得『啊，原來也不過如此而已』，然後拍拍屁股，徹底脫離這個泥沼。」

「泥沼個頭！」用詞令人火大，方法卻似乎可行，藍思禮翻了個沒人看到的白眼，接著問：「怎麼樣算得手？改變臉書的感情狀況？」那可行不通，小記者的同事親友都在看。

「三次約會應該夠了。」

「一次。」

「兩次？」

「一次都嫌累，不要就拉倒。」

「喔……」梅曦明的聲音透出明顯的失落，大概可憐了兩秒鐘，「那我要全套流程！白天約會，夜晚開房間上床，要做到最後，保險套、潤滑劑都要使用。還要同床共枕，睡到天亮，吃過早餐，你才能走！」

聽他大氣不喘一口，毫不害臊地提條件，藍思禮驚奇到忘記找理由拒絕，「不覺得聽起來很像性交易嗎？」

「沒付錢就不算。說到金錢，我的品味比較昂貴，約會的費用都由我負責，你不必操心。」

「我沒有在操心。先提醒你，金錢堆出的奢華無法令我佩服，無論多昂貴，我都可以平均分攤。」

「唉，知道了，你在詐騙集團兼差，收入頗豐，不把金錢看在眼裡。」

梅曦明嘆著氣說話的挫敗感，對藍思禮而言很逗趣。他忍住笑，正經問：「完成約會，你保證爽快放棄，不再對我『念念不忘』？」

「只要你沒興趣，我半個字都不提。」

「我當然不可能感興趣。」

「那麼我也一樣。」

兩人幾乎是爭先恐後搶著說，又一起安靜下來。

梅曦明輕咳一聲，「所以……我們是不是已經達成協議？」

藍思禮望著天花板的造型吊燈，燈罩上有許多鏤空的星星圖案，充滿童趣，應該從小就陪伴在小記者身邊。

藍思禮必須跟身體的主人報備，不知道小記者會如何反應？「約會途中，我要保有隨時反悔、拒絕上床的權力。」

梅曦明輕聲嗤笑，「你又看輕我了。別說上床，整個約會過程，你有任何一點不愉快，隨時可以走人，我很願意親自開車送你回家。」他頓了頓，又說：「當然啦，根據經驗，不愉快的可能性非常小，不是自誇，我——」

段孽緣。

「自誇之詞不必多說，不想聽。」

「就說不是自誇了。」梅曦明哀嘆道。

「我們加通訊軟體的好友吧！講電話有時不太方便。」他可不能讓任何人發現這段孽緣。

梅曦明當然同意。兩人互相加了好友，結束通話，接著他又能聽見客廳傳來的爭吵，心中實在厭煩，幸好有這段電話小插曲，不然今晚在老家眞是太難捱了。

他又看了看新添的好友，對方的圖示是《盜火人》的商標，看似四平八穩，根本不像帳號本人。梅曦明微微勾起一邊的嘴角，在網路上搜尋藍色小精靈的圖片，配上晚安兩個字，一併傳送出去。

手機正要收起時震動了兩下，梅曦明打開螢幕，迎面是一張皺眉瞪眼的黃色圓臉，緊跟在他的訊息下方。

要想像他的小騙子、小壞蛋本人的凶狠神情實在輕而易舉，他感到全身的血液都上升了幾度，部分竄向下腹，更多湧入了心口。

這種興奮與刺激想必在他們的協議完成後就會消失了，他忽然感到有點遺憾。

✦

「藍思禮正在我家吃晚飯，他人眞好，願意代替我盡孝。」舒清和收起剛結束通話的手機，笑容滿面地抬頭望向端木。

「盡孝？他做了什麼嗎？」

「呃，陪我的爸媽和奶奶吃晚飯？」

「就這樣？」端木揚起眉毛。

舒清和點點頭，有點疑惑，「是啊，難道在你家不算孝順嗎？」

端木沒說什麼，略搖了搖頭，大手推開中島上的雜物，清出空間，似乎也暗示著想把逐漸走向不愉快的話題掃到一旁。

對了，舒清和記起端木有個嚴父，父子關係決裂中，親情、孝順應該都是敏感的話題。

於是他不再多說，幫著端木把剛剛送到的晚餐從紙袋裡一一取出，再盛放到瓷盤上，鋪上餐墊、擺好餐具。這些小事他終於可以親自動手而不顯得奇怪了！

今天是家事服務員固定休息的日子，一整天都吃外食。藍思禮喜愛生活中有點變化，而且絕對不會連續兩次選擇同一家餐館外送。

舒清和受過告誡，始終小心遵守，直到今天，他才能在端木面前卸去僞裝，誠實說出自己最想吃的是上回剛點過的西餐廳。

該間餐廳的菜單上有他嚐過最美味的鴨肉料理，別說連吃兩次，連續吃好幾個禮拜都沒問題。

舒清和深吸一口氣，鮮嫩的鴨肉切片在瓷盤裡陣陣飄香，他滿足地嘆道：「終於可以做自己，眞好！」

「哦？難道你之前有認眞扮演藍思禮嗎？」

「雖然扮得不算太好，但是我很認眞。」舒清和不自覺地鼓起雙頰，微微嘟嘴。

端木突然停下手裡的動作，雙眼盯住了他，眨也不眨。

舒清和慢了半拍注意到對方的目光，一下子不知所措，臉皮的溫度直線上升，彷彿端木眼裡的熱度能夠透過空氣傳遞。

「我、我的臉上有什麼嗎？」

端木緩緩移開視線，「只是在想像那個表情配上眞正的你是什麼樣子。」

自卑不好，自卑有害感情，可是這段感情萌芽在非常離奇的狀況，舒清和很難不胡思亂想。他小聲囁嚅，「你說不定會失望。」

端木沒有出言爭論，只是微微一笑，眼角有光閃爍，好像掌握了什麼沒人知道的祕密。

他伸手越過檯面，握住了舒清和的手。那是藍思禮的皮膚、藍思禮的身體組織，不過對方的微微輕顫、垂下的視線和彎起的嘴角，百分之百屬於舒清和。

「你的事情，我一點都不知道，你願意說給我聽嗎？」

舒清和當然願意分享。此刻雖然不是告白時說的出外吃飯，卻是他第一次以原本的身分和端木面對面用餐，氣氛和約會並無太大分別。

他藏不住臉上有點傻的笑容，和心頭的一絲甜蜜。

端木是他遇過最好的聽眾，安靜且專注地聽他說著每一件微不足道的小事，好像那些事情全都十分迷人，一路聽到他和藍思禮如何互相配合才打破沉默。

「你白天假扮藍思禮，晚上還寫報導，兼兩份工作？」端木對他的時間分配顯然不滿意。

舒清和心虛一笑，「因爲……一時也沒有什麼更好的方法。」

「照你們的分工看來，丁路亞不算錯怪了藍思禮。」

舒清和立刻爲大明星辯護，「那篇報導純粹是意外，他不知道丁路亞和羅製作有那種……往來。」

他放下刀叉，娓娓說起心中的內疚，同時也爲丁路亞和其他的受害者抱不平。他打算揭發這樁醜聞，卻不知道該從何下手。

端木一邊思考，手中的銀色圓匙在湯盤中輕輕攪動，餐廳的今日湯品是羅宋湯，大概是某種命運的暗示。

「可以拜託Chris向安特助打聽，他應該知道不少內幕。」

「你、你不打算阻止我嗎？」舒清和驚詫得差點失手打翻水杯，「你想要幫我？」

「幫得上忙的話，我也希望這個圈子減少一些骯髒事。」端木抬起眼，微笑道：「再說了，阻止你也大概沒什麼用，我猜你不會乖乖放棄，對不對？」

舒清和咧開嘴，笑容燦爛到八成會被藍思禮怒目制止的地步，然後用力點了點頭。

Chapter 31

「有事商議，請撥空過來一趟。」

藍思禮對著端木傳來的訊息皺眉頭。

從小記者老家回來之後，他們還沒見過面，溝通都靠訊息和電話。據他所知，小記者正在全力趕稿，除了最重要的他的專訪報導，另外尚有三篇以上的文章要寫。

幸好，拜攻擊事件之賜，明星工作暫時停擺，小記者可以窩在屋裡把對外宣稱用來平復心情的時間都挪去敲鍵盤——或是指使端木傳送神祕訊息。

藍思禮左思右想都猜不到有什麼事需要當面商議，但是他有一種小記者想要胡搞瞎搞的不妙預感。

廖伯看他一臉嚴肅，好奇地湊過來，「幹嘛擺那個表情，難不成我們又被告了嗎？」

「藍思禮的助理叫我去一趟。」

「哇，大明星召見，知道他想做什麼嗎？」

「去了就知道了。」

藍思禮收起手機，把工作用的平板、記事本和一堆拉拉雜雜的東西擠進背包，接著雙手並用，粗魯地扯動拉鍊，背包的帆布倔強地反抗著。

他和廖伯的工作剛告一段落，兩人負責報導職業運動員和電視明星在萬禧飯店三樓舉辦的訂婚派對。

宴會還在熱鬧進行，不過公開給媒體的部分已經結束，記者們都撤得差不多，他們是最後離開的幾個。

「晚上我們約在老地方，你來嗎？」

廖伯問的是晚餐，小記者的生活充滿這一類的邀約，下班同事約吃飯，假日有另一批朋友約踏青、登山，藍思禮已經逐漸習慣。

他搖搖頭，「大概沒辦法，天知道藍思禮那邊要搞多久。」他不僅習慣，找藉口拒絕時還開始感到有點抱歉。

「你打算直接過去嗎？需要我載你——」廖伯轉動視線，臉色忽然改變，「啊，改變心意再傳訊息給我，或是直接過來，都好！」

他說話變得急促，甚至沒等藍思禮回應，便背起裝備匆匆逃走。

藍思禮不必確認也知道是怎麼回事，轉過頭，他果然見到梅曦明笑吟吟地從派對方向走過來。

「可不可以收斂一點？你和你假裝的這些巧遇會害我變成最不受歡迎的搭檔。」他沒好氣地抱怨，三不五時和總經理不期而遇，誰還想和他一起工作？

「冤枉，今天眞的是巧遇！」梅曦明掛著微笑，翹起拇指，比向肩後，「女方是我的表親，我出來接個電話，就看到熟悉的完美屁股，當然必須打個招呼。」

「熟悉個屁！」這個大色胚，老是對著小記者的屁股發情，遲早要遭到端木的制裁！

藍思禮花了點時間在腦中想像震怒的端木、不知所措的小記者，以及笑容來不及收起就吃了一記直拳的笨蛋總經理。

好可憐啊，養尊處優的公子哥怎麼挨得起前特警的鐵拳？結果多半是送醫院，然後痛個十天半個月……他同情地望著梅曦明，完全沒意識到誰才是搞出這一團混亂的罪魁禍首。

梅曦明看見對方眼神裡的憐憫，心中惴惴，「前陣子我的姪女送別寵物，那時她的表情跟你現在很像。」

藍思禮詭祕一笑，「害怕的話就走遠一點，回去派對騷擾別人。」說著背起拉鍊仍舊沒有完全關緊的包包，舉步就走。

「不想回去。訂婚派對甜蜜浪漫，我孤零零一個人毫無樂趣。」

「約個伴一起參加很難嗎？」

「最近對其他人都提不起興趣，全都怪你。」梅曦明跟了上來，與他並肩齊步，「所以我說啊，今天就訂下時間，趕快約個會，好好大幹一場，加速對彼此的厭倦吧！」

藍思禮停步轉身，爲對方的低俗用詞大皺眉頭，「萬一你沒有感到厭倦怎麼辦？」

「不可能！」梅曦明失笑，「一旦開始和人談戀愛，我很快就會逃跑，屢試不爽。」

「什麼談戀愛？沒有人提到談戀愛，我只同意一次約會而已。」

「約會不就是談戀愛？」

「亂講，才不是。」

「那麼，以你的高見，怎樣算是談戀愛呢？」

藍思禮張開嘴而後又閉起，雙唇緊緊抿成一條薄線，意外地發現自己竟然回答不出來。

回想三十年人生，他有過幾次心動，也有許多人對他表示興趣，然而這兩種感覺從未產生交集，戀愛的酸甜苦辣對他來說充其量是寫歌的素材，還得歸在幻想類。

「哼，自己去查你家出版的羅曼史小說。」

「我沒猜錯，你果然也不懂。」

他們邊走邊說，從樓梯下到二樓。二樓宴會廳是總裁的喜宴預定地，工程正在進行中，四周冷冷清清不見半個人影，唯有長長木板圍籬一路延伸到盡頭，圈住了大部分區域。

「我們來這裡幹嘛？」

「我要看一眼工程進度，弄清楚他們到底還要搭建多久。」藍思禮沿著圍籬緩慢前進，尋找可以窺看的空隙。

事關他和小記者的錯亂人生，當然要趁人在萬禧的時候探查一下整修進度。他再不交換回去處理音樂相關的工作，許多人都要跳腳了。

可惜木板間的接縫密不透風，連一隻螞蟻也爬不進去，更別提偷看。

「爲什麼想知道？」梅曦明跟在藍思禮的身後。

「它害我受傷，我沒有把飯店告到哭出來純粹是我心地太好，現在當然有權監督後續進展。」

他們繞完圍籬一圈，來到唯一的出入口——門栓沒扣上，只是虛掩。

藍思禮叮囑道：「幫我注意外面有沒有人過來。」

他只考慮到門外，卻忘記門內，一隻手剛往前伸，門就被自動推開，走出四個男人。

門邊。

他略為吃驚，往後退開一步，那四名男人也覺得意外，怔了一怔，下意識停留在門邊。

藍思禮認得最前方的壯年男子是萬禧飯店的賴總經理。他極不擅長記憶人臉與人名，對這位賴總卻過目難忘，不是因為英俊，正好相反。

相貌醜陋的賴總經理是個富有才幹與威嚴的強勢男子，唯一比他的外表更差的是性情。在這裡遇見他，絕不是件好事。

賴總經理很快將藍思禮從頭到腳掃過一遍，視線最後落在他胸前的記者證。

「哪一家的記者？擅自闖進封閉的樓層有什麼指教嗎？」他的聲音和表情都很冰冷，像台機器。

梅曦明走到兩人中間，刻意把藍思禮擋在身後，「門沒鎖，好奇想看一眼而已，說是擅闖，未免誇張。」

見到梅曦明，賴總的神情倏變，從冰冷轉為憎惡，好像他寧可面對一打來偷拍的狗仔。

「啊，我應該要猜到的，鬼頭鬼腦，果然是你旗下的三流記者。」

「我們家的雜誌銷量和口碑都好得很，你說話客氣點。」

賴總在胸前交疊起手臂，顯然沒什麼客氣的話想說。

「你又是來做什麼？決定放棄不適合的職位，改當搞偷拍的狗仔？」賴總觀察梅曦明站立的位置和姿態，總覺得氛圍古怪，不像尋常上司維護下屬，再考量對方的名聲，腦中靈光乍現，微微睜大了雙眼，「不是吧，外面已經找不到願意忍受你的可憐蟲，所以你利用職權搞上自己的員工？到底要多可悲才能淪落到這種田地。」

「沒有你的想像力可悲，」梅曦明也因爲不悅而提高了音量，「我可沒有利用職權，也從來不缺任何人陪伴，少拿你的陰險揣測來毒害別人。」

「你不否認搞上自己的員工？」賴總問。

「什麼搞，不是你想的那個樣子。」梅曦明回答。

「你們跑到封閉的樓層，是來幽會尋刺激嗎？你好歹是個總經理，品德的敗壞程度簡直令人震驚！」

「剛剛已經說過只是來看一眼，你的理解能力有什麼問題？」

藍思禮本來在旁邊裝乖，讓上司負責應對，豈料這兩人的吵鬧內容越聽越不像話，梅曦明根本不是在反駁，而是幫忙對方挖坑。

老實說，如果是他對梅曦明批評指教，內容只會更加惡毒，可是從別人嘴裡聽見，他的心頭卻湧出了一股「關你屁事」的惱怒。

他伸出手，將梅曦明往後拉退兩步，「如果你們要繼續拌嘴，站過來一點比較安全。」

梅曦明沒有抗拒，臉上只流露出輕微的疑惑。

賴總冷笑道：「怕什麼？我可懶得對這傢伙使用暴力。」

「我怕的是上面的水晶燈掉下來。在萬禧，頭頂隨時可能有東西掉下來，大家都知道。聽說上次掉下來的意外讓藍思禮產生了不小的心理陰影，他正在考慮婉拒演出。我懂他的心情，總不能讓人在有安全疑慮的地方進行表演吧？」

藍思禮每說一次「掉下來」，賴總的臉色就白了一點。上回的舞台意外在他的職業生涯中是少見的大失敗，丟臉到連自己人的慰問和打氣都讓人渾身刺痛，更何況是一個三流小記者的諷刺。

「荒唐的傳聞！我們已經修正失誤，加強安全措施，意外不可能再發生。」

藍思禮皺了皺鼻子，「哦，講得好像口頭保證眞的有屁用。」

賴總身邊的人都顯得焦慮不安，渴望原地消失。那位激怒賴總的記者絲毫不受緊繃的氣氛影響，還在繼續說著。

「當然啦，總裁非常明理，他一定能諒解不得已的演出變動。遺憾的是，期待見到藍思禮演出的好像另有其人喔？」

萬禧總經理的臉上已經毫無血色，這個三流記者怎麼知道總裁是和寶貝妹妹共同舉辦婚宴，宴席上將有兩對新人。

這位大小姐的未婚夫內向得不可思議，身爲喜宴主角之一，對整場喜宴的規畫毫無意見，被苦苦追問出來的唯一心願，就是想邀請藍思禮擔任表演嘉賓。

這項內幕細節只有極少數人知情，一個無足輕重的三流記者是從哪裡得來的消息？如果藍思禮想要婉拒演出的消息屬實，那真的是天塌下來的大災難。

賴總想逼問更多細節，又不願意示弱，內心苦苦掙扎一陣，最後板起了臉，強硬道：「你的下三濫伎倆對我沒有用，虛假的訊息騙不了任何人，更不可能影響到我。」

藍思禮歪了歪嘴角，「隨口放話眞帥氣，等大小姐發火的時候，你要是也能維持同樣的氣魄就好了！」

語畢，他拉住梅曦明，打算以一種快速又不失從容的步伐離開。

賴總張口叫住他，「等一等，我要知道你的姓名。」

「白癡才會自報姓名！」他們已經接近樓梯，藍思禮回頭喊道：「聽我的忠告，與其浪費時間記恨一個三流小記者，不如趕快去求藍思禮大發慈悲，說不定還來得及！」

轉進樓梯間，門剛關上，梅曦明便放聲大笑。

「小學生吵架都比你強，你還笑得出來？」藍思禮朝他怒目而視。工程進度沒看到，又莫名其妙和人鬧不愉快，始作俑者還敢笑？

難道這傢伙是任何人凶他都喜歡嗎？藍思禮忽然感到滿肚子不爽。

梅曦明慢慢止住笑聲，嘴巴還是開心得合不攏，「第一次站在你的炮火後方，好有安全感，當然開心。」

「賴總已經夠會猜了，你還傻傻幫忙證實！要不是他亂說我的壞話，才懶得管你怎麼被罵。」

藍思禮扯著人，快步往下走到了飯店大廳。

「對了，那傢伙……日後會不會報復？」後悔雖已來不及，然而他真不希望一時的口舌之快將來害慘小記者。

「賴總？報復你嗎？」梅曦明搖搖頭，「打個比方說，日後你在他面前摔個頭破血流，他連救護車也不會幫忙叫，但是他不會是那個出腳絆倒你的人。他只願意欺負那些他認爲能力不足，卻身居要職的有錢廢物。」

「你也不完全算是個廢物。」

梅曦明微微一笑，「趕快來訂個約會日期吧，不然你要捨不得我了。」

聞言，藍思禮翻了個白眼。

他們在大廳找了較偏僻的一處坐下，各自拿出行程表，比對有空的日子。藍思禮先提了個理想的日期，梅曦明的行事曆在同一天卻有個彎彎的月亮記號。

「那天是電視台的柯副總辦的賞月宴。」他簡單解釋道：「他的小兒子和我交情不錯，每年都會找我去玩。」

經對方一提，藍思禮才想起來，這場以中秋爲主題的宴會他也參加過數次。地點通常選在柯副總的自家豪宅，晚會上的一切供應極其豪奢，影視名流都以獲得邀請爲傲，是圈內一大盛事。

離開自己的生活太久，藍思禮都快忘了這個活動。

「換一個日子？」梅曦明問道。

藍思禮點點頭，把與現在的他無關的瑣事拋到腦後，再翻往下一週的行程。

Chapter 32

「你知道萬禧飯店是怎麼回事嗎？」舒清和一見到藍思禮就問，「麗莎打電話來，說她接到聯絡，對方想要確定你眞的願意在喜宴演出。」

「你怎麼回答？」藍思禮反問。姓賴的果然一轉身就來求證，做事眞有效率！

「電話是我接的。」回應的是端木。

他關好大門後，也走進餐廳，幫他的兩位雇主添飯倒茶。藍思禮習以爲常，懶在椅中茶來伸手，舒清和仍然感到不好意思，但是爲了不在別人面前意外露餡，他和端木說好保留大部分日常習慣。

「我用了『藍思禮正埋首創作，不能被打擾』當理由，晚點再回覆麗莎。」端木頓了頓，補充道：「關於這一點，你眞的需要拿出些想法，萬采音樂已經關切過幾次。」

「我還在充電，他們催什麼催！」狗仔生活亂糟糟的，他腦子裡來來去去的都是不能用的念頭，沒有靈感。

「你不能一直拖延下去。」

「夠大牌，就可以。」

熟悉的任性半點都沒變味，端木長嘆一口氣，不敢相信前陣子的自己竟然認不出對方。

「怎麼答覆麗莎和萬禧才好呢？你眞的改變心意，不表演了嗎？」舒清和幫忙把話題轉了回去。

「沒有改變心意，只是想嚇嚇他們。你就跟麗莎說，演出沒問題，可是你很擔憂工程品質，希望不要又掉下來。這樣麗莎就懂我想要的效果，她會處理得很圓滑。」

藍思禮拿起碗筷，面對整桌熱騰騰的飯菜，肚子咕嚕嚕響了起來。這兩位家事服務員最受他青睞的技能就是廚藝，他離開許久，腸胃都在抗議了。

他夾了一筷子的菜，又說：「記得，『掉下來』是關鍵詞，一定要提到！」

端木朝他瞇起眼，「你在搞什麼鬼，爲什麼這麼晚才對萬禧不爽？」

「因爲我現在有空不爽。」

端木半點都不信，一旁的舒清和卻內疚地垂下視線，「沒有家事阿姨幫忙，要兼顧工作和家務一定很忙很辛苦吧？」自己卻被伺候得像個大老爺，占走了屬於別人的便宜。

藍思禮同意記者工作需要在外奔波是煩了點，家務方面倒沒有小記者說得那般勞累。他一個人住，三餐外食，衣服全部送洗，至於打掃……什麼是打掃？

舒清和內疚過了頭，忽然提議，「你要不要搬回來住？」

藍思禮一瞬間瞪大眼，一口飯差點噎住。

「然……咳咳……然、然後報導我自己跟八卦記者同居的緋聞？才不要！更不要跟一對熱戀中的情侶同居，我眼睛會瞎掉。」

舒清和紅著臉，小聲說：「你說得太誇張，我們根本沒有要做什麼……」

端木的動作略為停頓，小心翼翼不讓人發現他正在咀嚼的不只是飯菜，還有小記者說的話。

藍思禮假裝什麼都沒有察覺，這就是為什麼他絕不選擇和情侶同居生活。

「說吧，找我過來，要商量什麼事？」

「安特助傳來了消息。」舒清和開始解釋整件事的來龍去脈。

眾人都說安特助的情報網無遠弗屆，這果然不是假話，就算是他接觸不到的領域，也有人脈可以輾轉打聽。

他聽了端木的請託，很願意幫忙，雙方來往聯絡數次，把丁路亞和羅松濤的整件事都弄清楚了。

丁路亞的說詞得到安特助的證實，處境相仿的藝人還有好幾個。倚仗權勢脅迫他人的也不只羅松濤，同流合汙的約有五到六人，形成有如祕密結社般的小圈圈，全都是影視界權貴。

藍思禮抬起手，打斷話題，「要商量的就是丁路亞的事？你眞的要插手？你還願意幫忙？」他分別往不同方向問。

「既然知道，怎麼能不管，我是個記者啊！」舒清和語氣有些激動。

「你爲什麼偏偏要在沒好處的地方像個記者？」藍思禮又問。

「因爲……把一樁醜惡的交易寫成婚外情是我們的錯誤。」

「沒有那回事，明確指示要寫成婚外情的是——」藍思禮忽然打住，疑惑地瞇起眼，「慢著，這段話爲什麼好耳熟？」

「我們之前也談過同樣的話題。」

「當時的結論是什麼？」

「講到一半……好像木沐就出現了。」

接收到藍思禮橫來的一眼，端木嘆了口氣，「那還眞是非常抱歉。」

「無論討論多少次，記者的使命都與我無關，這件事我完全不想管。」藍思禮說著繼續夾菜吃飯。

舒清和並不氣餒，藍思禮的心腸比外界以爲的要軟得多，他知道他一定可以說服對方。「安特助確信這件事的領頭人物是柯誠勤。」

「這個人名聽起來也耳熟。」藍思禮說。

「就是柯副總，在你最嫌棄的那家電視台工作。」端木插口解釋。

「啊，原來是他，姓名毫無特色，不如羅宋湯。」

舒清和不確定該如何回應，只好置之不理，接著說下去，「據說他們會分別爲每個曾經……呃，睡過的藝人打分數，比如臉蛋、聲音、身材……技、技巧，全部登記在同一個本子，聚會時拿出這些計分表分享取樂。這個本子應該是由柯誠勤保管，畢竟是他提出來的點子。」

藍思禮放下碗筷，後悔沒等到飯後再開口詢問，這些演藝圈敗類們的所作所爲令他胃口盡失。

「柯誠勤的手機曾經被駭過，從此對電子設備疑神疑鬼，許多個人隱私都改用紙本記錄。本子裡很可能還有其他資料，像是時間、地點、人名等等。如果我們能把內容翻拍下來公之於眾，就能成爲揭露這樁醜聞的有力證據。」

藍思禮不樂觀地搖搖頭，「難說，本子能顯示那群人的低劣人品，但是不容易證明受害者是受權勢脅迫。」

「總是一個開頭，可以藉此勸說知悉內情的相關人士出聲，就算最後無法迫使柯勤誠那批人下台，至少他們會因此收斂吧？甚至停止惡行，對圈內的風氣總有幫助。」

舒清和甚少在人前高談主張、想法，現在卻一口氣說了許多，其他兩人竟然還認真聽著，感激之餘，實在不太習慣，身子在椅中略顯不安地挪了挪。

「我、我會負責整理資料，然後寫成報導。你不必出力，只需要把稿子交給伍總編，如果《盜火人》不肯刊登，我們再找其他媒體。」

只要以記者的身分傳遞稿件嗎？藍思禮忍不住在腦中想像小伍可能會出現的反應……好吧，這件事說不定比他以為的更有趣。

「比起物色媒體，找到那本紀錄更加困難。」端木開口道。

藍思禮也同意這是一大難題。

事關名聲，又非公事，姓柯的一定會謹慎地把本子藏起來，不可能放在電視台辦公室之類的地方，或是外人容易出入處。

藍思禮往椅背靠，視線隨意轉向窗外。他們正在餐廳吃飯，面對大片落地窗，窗簾只拉起半邊，另一半邊看得見已轉成夜色的庭院與星空，遠方樹梢上的月亮再過幾天就要變成一個完整的圓形。

「姓柯的每年舉辦的月亮宴會，邀請函收到了嗎？」

「你說那個賞月宴？收到了。」端木說著朝另外兩人比了比，「鑒於你們的特殊狀態，我已經跟麗莎說了今年不參加。」

「別拒絕，要去！」藍思禮忽然離開椅背，上身前傾，「我們要潛入宴會，先搜他的老巢！我是說，我負責潛入，你們當然光明正大拿邀請函走正門進去。」

「潛、潛入？你打算怎麼做？」舒清和滿臉驚訝。

「僞裝成工作人員應該最容易。先找到承辦宴會的外燴公司，塞一筆錢給員工，然後假冒身分混進去，就跟電影演得一樣！我有認識的人，可以問出是哪家外燴。」

看藍思禮雙眼發亮、躍躍欲試的模樣，端木實在覺得好笑，「態度轉變得眞快，不是一點都不想管嗎？」

藍思禮不在乎他的揶揄，得意地搖著手指，「你不懂，與我無關的是寫報導揭發醜聞，僞裝潛入另當別論。我同意入伙，作爲交換，誰都別想阻止我體驗這種千載難逢的刺激行動！」

飯後，他們深入討論細節。藍思禮參加過好幾次柯誠勤的宴會，對豪宅格局、宴會規矩以及可能的與會人士都有了解，便一項項說給舒清和聽。

忙到夜深，端木陪著藍思禮離開，一路送到社區外的大馬路邊。

等待計程車抵達的空檔，端木開口道：「安特助還帶來一些其他訊息，我想聽聽你的意見。」

✦

藍思禮離開後，舒清和又花了點時間，趕工完成專訪稿。他按下雲端的上傳鍵，抬起雙手伸展久坐僵硬的肢體，順便發出一聲歡呼。

接下來就是通知藍思禮下載檔案，等藍思禮和麗莎確認完專訪稿，再傳來給他，然後他假裝認可，回覆給麗莎，麗莎再回覆藍思禮……眞是萬幸現在是數位時代！

忙完回到寢室，舒清和看見端木就在門邊等著他。

「剛剛把專訪稿交給藍思禮過目了！」舒清和快步迎上前，一邊解釋，「我知道時間已經很晚，我馬上洗澡睡覺。」

端木勾了勾嘴角，「我不是來催你睡覺。」

自從舒清和住進來後，他幾乎不再需要爲雇主的生活作息多費心，相反的，有時他還希望舒清和能放鬆一點，晚睡、賴床什麼的，偶一爲之無妨。

「喔。」舒清和倚著寢室門框，望著端木朝自己靠近，對方看起來小心翼翼，猜不出意圖。

雖然是兩人獨處的屋子，深夜的寢室門口，舒清和倒沒有往臉紅心跳的方面揣想。

他們在表面上的互動並沒有因爲告白交往而改變，即使心境不同，木沐仍舊維持著與先前同樣的距離。

畢竟情況特殊，如果藍思禮是陌生人也就罷了，偏偏端木和藍思禮朝夕相處太久，與身體的原主太熟悉所導致的尷尬，舒清和感受得到，也完全能夠理解。

就像他在晚餐時說的一樣，他們眞的沒有打算要做什麼。

「只是來看你好不好。」端木說話時有些猶豫，目光飄動。

「我很好，稍微累了點。不過我答應藍思禮，睡前還要做幾組運動。」

「建立健康生活的妙招，全權委託他人代理。」端木莞爾道。

舒清和也露出微笑，「不確定跟健康有沒有關係，藍思禮好像很想要一個坐椅子時比較舒服的臀部。」

換言之，就是一個飽滿結實的翹臀。

「他大概是看見你，心生羨慕。」，端木不假思索說出腦裡自然出現的念頭。

兩人對此都吃了一驚。

「你、你有注意到？」

端木難爲情地移開視線，「注意到了，還多看了好幾眼，我很抱歉。」

「沒關係的！」舒清和忙說：「你可以看，盡量看，等換回來以後，還可以……可以摸，或、或做其他的事……」

他的聲音弱得像蚊鳴，心裡矛盾得亂七八糟，希望端木聽清楚自己的心意，不要被無謂的禮節糾纏住；又憂慮端木聽清楚了自己的心意，會取笑他太飢渴……因爲高孟璟就會譏嘲他。

然而，舒清和還來不及被過去的陰霾影響，就見到端木的笑容，明亮又溫暖，沒有一星半點的嘲弄意味，驅散了他所有不堪的記憶和多餘的顧慮。

他注意到彼此的距離縮得更短，端木不知何時悄悄走近，阻斷了往寢室和走廊的去路。自己若是稍稍跨出半步，就會撞上對方厚實強壯、見過一次便難以忘懷的健美胸膛。

舒清和努力把思緒從窺見木沐裸胸的某個早晨拉回來，及時聽見對方說話。

「其實我上來找你是有話想說。」

晚餐桌上，端木聽見舒清和說的那些話，同時觀察對方的語氣神情，才後知後覺地發現自己對藍思禮的障礙很可能造成了戀人的委屈。

他上樓來想安撫對方的心情，又不擅長用言語表達情感，東拉西扯半天，幸好產生了一點效果。他又看見對方頰邊的可愛紅暈。

「我……非常期待你們換回來的那一天。」

「我、我也是。」舒清和對他一笑，臉紅得更加明顯。

「那麼，一點點預告可以嗎？」

儘管不太確定端木的意思，舒清和還是點了點頭。

然後木沐吻了他——微彎著腰，低下頭，雙唇只是碰觸，全程不過三秒鐘，清純得像高中生的初戀。

詫異與欣喜混在一起，舒清和呆呆仰著臉，意外在木沐的耳朵附近也見到一抹暗紅。以前的他根本無法想像這個男人臉紅的模樣，現在親眼目睹，竟覺得合適極了。

他暈陶陶地想著，假設他明知對方心裡的障礙，卻依然把人拉回來，索求更多，是不是在給木沐製造壓力？是不是破壞了雙方保持距離的努力？

可他知道端木不會拒絕，或許會覺得無奈，但是一定不會拒絕。

於是舒清和真的那麼做了，他扯住端木的衣領，踮起腳，盡力縮短三十公分的身高差。他聽見驚訝的氣音，閉上眼睛前還瞥見端木嘴角的一抹微笑。

這回不再只是三秒鐘的輕觸，端木攬住他的腰，另一手覆在他的頰邊，兩副身軀緊緊相貼。

等身體交換回來，他們便無需彎腰踮腳，親吻與擁抱會更加輕鬆容易。不過舒清和並不介意體驗一下所謂的小鳥依人，他偎進端木的懷抱，雙手從衣領往下滑動，再也不必耗費心思想像對方胸膛的觸感。

兩人沉浸在首次的親密當中，先前的顧忌被短暫遺忘，端木稍稍調整親吻的角度，舌頭探了出來，細心舔過戀人的唇瓣。

舒清和情不自禁啓唇，呻吟出聲。

端木一瞬間僵住了，動作定格半秒鐘後，鬆開手，後退兩步。

舒清和先是疑惑地眨著眼，然後才在對方轉爲蒼白的臉上讀到了原因——剛才那聲綿軟曖昧的呻吟是……藍思禮的嗓音。

兩人惶恐地對視了兩秒，隨即一起笑出了聲音。

笑聲止歇，笑意仍在彼此的眼梢與唇角，他們都想爲自己的行爲道歉，卻在目光相接的同時打消了念頭。

沒有什麼舉動令人後悔，當然也沒有任何事情需要感到抱歉。

「晚安，木沐。」

「嗯，晚安……小和。」

Chapter 33

藍思禮對著鏡子拉正領結，把做過造型的頭髮全部往下壓，讓自己看起來平凡普通，不引來任何注意。

走出洗手間，門外有個年輕人，穿著和藍思禮一樣的黑白兩色侍者制服，正在數手裡的一疊鈔票。

「不錯不錯，很合身。」年輕人看了他一眼，把鈔票放回信封，收進衣袋，打了個手勢，要藍思禮跟上來。

「我們現在去集合，領班大哥以爲你是我的表弟，來打工賺外快。你只要保持安靜，專心工作就行了。」

「辦不到，我要忙其他事，沒空搞服務生的工作。」

「啊？可、可是……」

「你得罩我，不然你以爲那包鈔票的厚度是爲了什麼？」

「我以爲……你是某種追星族，所以……你溜進宴會到底想幹嘛？付那麼一大筆錢不會只是好奇吧？」

藍思禮咧嘴一笑，伸手拍拍對方收放鈔票的口袋，「繼續想著鈔票，不要想其他無聊的問題。」

當外燴公司在柯誠勤豪宅裡的廚房忙翻天時，舒清和的座車也緩緩滑進大宅正門前的車道。

司機照例是端木，同時也是大明星攜伴參加的那個伴。他們透過麗莎，特地向主辦方照會過，用最近的意外當藉口，希望自帶隨身保鑣，以策安全。

原先不克出席的大明星回心轉意，對方喜不自勝，當然滿口答應。

舒清和也同感喜悅，有男友全程相伴，他的赴宴心情一百八十度大轉變，從緊張不安到滿心期待。

出門前他還幫端木拍了好多照片。明明對方今天穿的深色西裝和陪他外出工作時的打扮差異不大，然而從掛了濾鏡的眼睛看出去就是分外帥氣，搞到端木必須搶走手機，兩人才能順利出發。

有演藝圈大牌雲集的場合，就有在外守候的媒體群，這個道理即使是不開放採訪的私人宴會也適用。

舒清和的雙腳剛跨出座車，記者們便湧上來，閃光燈毫不客氣地往他臉上招呼。

有過前幾次的明星工作經驗，舒清和對鏡頭已習慣得多，還不習慣的是見到鏡頭後方的許多熟面孔。

他的眼睛在適應強光後，很快在記者群中捕捉到十分想念的身影，心情頗為激動。

「廖伯——」熟悉的稱呼下意識脫口而出，所幸他及時清醒，亡羊補牢道：「元先生。」

廖博元舉著相機的動作停滯了片刻，臉上閃過好幾種情緒，疑心多而驚喜少，似乎認為其中必有詐。

「藍先生是在……叫我嗎？您竟然知道我的名字？」

若是在兩週前，這樣的失誤定讓舒清和手足無措，但是知情的端木就在身邊，幫他擋人開路，並沒有拉著他加速離開，他不僅感到安心，還生出一點玩心。

「因為……呃，我算是貴雜誌的讀者，廖、廖先生的照片總是能拍出陰森恐怖的一面，我想說的是，我很佩服。」

話說完，舒清和朝老同事豎起大拇指，又轉身向其他相機揮手微笑。

閃光燈又亮成一片，文字記者們目瞪口呆之餘，趕緊低下頭，在紙本或電子設備上打字、寫字，記錄下這個不可思議的畫面。

離開媒體的包圍，身為第一位成功踏進宴會的記者，舒清和的興奮之情在穿過大門時達到了高峰，又在主辦人的身影進入視野後快速下降。

柯誠勤偕夫人在門邊歡迎每位賓客，藍思禮是流行歌壇的閃亮大明星，當然不可能被怠慢。

柯誠勤親自拉著舒清和的手，說了些以他的資歷年齡算得上是巴結的話，還介紹整場宴會的各種特色與亮點。今晚天公賞臉，透過精心設計的玻璃窗，一輪滿月又圓又亮，叫主辦人很是自滿得意。

舒清和從前對柯誠勤是單純地缺乏好感，得知醜聞後，光看見對方就感到毛骨悚然，全身不舒服。

藍思禮的俊美程度更勝丁路亞，他毫不懷疑柯誠勤那伙人一定垂涎過……這麼一想，被對方碰觸過的肩膀、手臂，全都像被毛蟲爬過，他恨不能立刻清潔消毒。

幸好賓客絡繹不絕，柯誠勤不能永遠留住他。

擺脫掉噁心的男人，舒清和一直往廳內走了好一段距離，才覺得呼吸順暢。

端木的一隻手安撫般地輕靠在舒清和的下背部，那是他們在外能做到的最親密的動作。

舒清和放鬆了些許，噁心感緩緩消褪。「我……我承認有點害怕他們……但是我不會改變心意，這些可惡的敗類一定要被揪出來。」

「嗯，我知道你辦得到。」

端木之前也說過類似的話，最後促成了好結果，舒清和感到信心大增，仰頭對男友露出感激的微笑。

「思禮！」

兩人循聲轉身，不遠處走過來一名笑吟吟的華服女子。

端木按照習慣，低頭在雇主耳邊提示，「這一位是——」

「好幾屆的金鐘得主陸滿香！我媽好喜歡看她演的電視劇。」

端木微微一笑，直起身，不再多事。他差點忘記，今晚的雇主不是有認臉障礙的大明星，而是做足功課的小記者。

陸滿香年過半百卻不顯老，她朝舒清和款步而來，風姿綽約，神情欣喜雀躍，而舒清和的心情也同樣高昂。

他曾在工作中接觸過不少大小明星，他們可不會像這樣親親熱熱地跟他互動。等回到自己的身體，他一定要好好改編這場會面，之後返鄉說給母親高興。

「思禮，看到你健健康康的，眞叫人開心！我家那個小丫頭是你的大粉絲，天天都在擔心，要不是我也惦記著你，眞是會被她煩死呢！」

「我沒有事，謝、謝謝關心。」舒清和在腦中快速調閱資料，「我記得……令嬡初次主演的電視劇是不是下週六上檔？請代我預祝她順利成功，啊，有空的話，我……我也會收看。」

聞言，陸滿香又驚又喜地睜大雙眼。

舒清和陪母親看過太多對方的演出，他敢說那是與演技無關的眞情反應。

「哎喲，虧你記得，她知道之後一定高興瘋了！」她抿嘴一笑，千嬌百媚的風韻一點都不輸給年輕女星。「對了，我可能不小心答應幾個小妹妹，要介紹她們給你認識、說幾句話。你不會生氣吧？」

算她們運氣好，今晚的大明星不容易生氣。

舒清和就這樣被拉去見了好幾位年輕女明星，接著又被許多人堵到，社交應酬一發不可收拾。

全都怪他在交換身體以後，面對圈子裡的邀約一概婉拒，躲避得太凶，現在只好一口氣還債。

在社交應酬中，陸滿香這一類有私交的藝人，相處起來算是輕鬆的，來打招呼的後進們也不難應付，然而當公事也找上門，那就有點頭痛了。

無論是製片或節目部主管，每個人都使出渾身解數，想爭取藍思禮的首次戲劇演出。

「好了，暫時沒人來找你。很餓吧？我們去拿點東西吃。」

舒清和連忙阻止端木，「不、不要啦，只要走過去，一定會馬上被發現，又要聊很久。」

他已經在前往食物桌的路上被攔截好幾次。假使是藍思禮，大概可以五秒鐘擺脫對方，但舒清和卻老是被纏上十幾二十分鐘，甚至更久。

眼看美食近在眼前，自己卻偏偏無法抵達，他實在忍不住懷疑，是不是有消息在流傳，告訴大家今晚的藍思禮特別平易近人，所以每個人都把握機會來攀談？

他好想大聲呼喊，要大家省點力氣，今晚的任何巴結討好都是枉然，他的肚子應該裝的是美食，不是滿滿的歉疚啊！

後來實在累了，舒清和便放棄美食，和端木在大廳角落躲避人群，利用一盆大型觀葉植物遮擋外來視線，才終於得享片刻安寧。

「你待在這裡，我幫你拿食物過來？」

「也不好，」舒清和有些難爲情地垂下視線，「我覺得我們……我們最好不要分開……」

他實在害怕一個人落單，原先對赴宴的浪漫想像，如今都變得十分可笑，還好他最擔心的事沒有發生，端木沒有糗他。

「好吧，反正很快就會有個服務生來找我們。」

舒清和差點要傻傻詢問爲什麼，就聽見熟悉的聲音從背後傳來。

「躲在這裡是想讓那個服務生找多久？盤子裡的食物都被拿完就得折返重來，很麻煩，知不知道？」

舒清和轉過身，背後是服務生裝扮的藍思禮，他單手端著大盤子，正用殺人視線瞪著端木——他眞的成功混進來了！

藍思禮把盤子往舒清和面前一湊，「吃點東西。」

望著滿滿一盤的生火腿哈密瓜，舒清和的眼淚差點噴出來，「太感謝了！」

柯誠勤砸錢不手軟，宴會的食物本就美味高級，加上「飢餓」這個最佳調味料，全靠大明星緊迫盯人的目光，舒清和才竭力克制，沒有狼吞虎嚥，破壞形象。

「這個好好吃！你要不要？我可以掩護你。」

藍思禮搖頭道：「上工前吃飽了。」

舒清和嚥下食物，嘆了口氣，「早知道我也在出門前多吃點，還以爲可以在宴會上痛快吃到飽。」沒想到是社交應酬聊到飽。

忽然，端木遞來一支高腳玻璃杯，杯裡盛著淡金色的香檳，冒著綿密泡泡，杯身細長精緻，輕薄得彷彿一捏就碎。

舒清和有些吃驚，他太專心進食，都沒注意到端木悄悄去幫他拿飲料。

「我確認過，酒精濃度很低，喝幾杯沒有影響。」

舒清和道謝後小心接過高腳杯。藍思禮的身體並不喜歡酒的味道，可是他們身處高級宴會，一杯香檳就像標準配備，光是拿在手裡，感覺就變得優雅數倍，是人生難得的體驗。

他忽然有種直覺，端木知道他的想法，所以選擇最漂亮的飲料，讓他享受一下短暫的浪漫。

舒清和輕啜一口酒，偷覷一眼端木，正好遇上對方帶笑的眸光。這杯酒度數低，他卻感到一陣微暈，心底的滋味比剛才滑下咽喉的哈密瓜還甜。

「喂，不要含情脈脈地對望。」藍思禮卡進兩人中間，「你對這種場合感興趣，以後多的是機會參加，叫木沐帶你一起來萬娛爲員工辦的聖誕晚會，那裡也吃得很好，還可以恩愛到惹起天打雷劈，沒人會阻止你們。」

被藍思禮這麼一說，舒清和的雙頰紅得更明顯了。幸好爲了方便賓客透過玻璃長窗賞月，大廳燈光冷暗，旁人不容易看見他臉上的顏色變化。

「該辦正事了，書房在二樓，跟我來。」

藍思禮把盤子隨便塞進觀葉植物的盆栽裡，領路溜出了大廳。

剛走上樓梯，舒清和便後悔自己剛剛怎麼沒想到躲來二樓？

柯誠勤開放了全棟豪宅，賓客多聚集在最切合主題，且能夠欣賞月色的一樓東側大廳。整層二樓靜得出奇，偶爾遇見幾個溜上來的賓客，不是跟他們一樣別有居心，就是想獨處喘口氣，大家彼此閃避，沒有人想要閒聊互動。

不巧的是，柯誠勤的書房外不是空的，有個年輕人倚著牆，帶著一臉的焦慮沮喪，正在滑手機。

舒清和心生憐憫的同時，旁邊的藍思禮嘖了一聲，「耍憂鬱也不看時間場合。木沐，你去引開這個不貼心的傢伙。」

「我該編什麼理由？」

「看看你的外表，應付一個我不眼熟的小咖哪需要理由？」

端木一想覺得有道理，他拿出最嚴肅的態度，大步走到那位年輕人面前，「先生，請您跟我來一趟。」他的聲音冷硬，充滿威嚴。

「怎……怎麼了嗎？」年輕人差點摔掉手機，映在眼裡的驚恐十分明顯。

端木完全不應，轉身就走。年輕人不敢違抗，傻傻地跟著端木走了。

等端木和年輕人消失在樓梯轉角，舒清和驚嘆道：「竟然真的有效！」

「混演藝圈就要懂得唬人，這在對方不是大牌的情況下很好用。」

這是經驗談嗎？你靠著歌壇地位唬過不少後進嗎？舒清和的記者靈魂想要發問，但是他的求生意志讓他閉緊了嘴巴。

很幸運地，書房沒鎖，他們一前一後溜了進去，靜悄悄掩上門。

在這棟時尚新穎、每個角落都用力設計過的豪宅裡，書房很可能是最普通的一處。其中東西不少，桌面、地面和透明櫃子裡都擺了好幾件藝術品。

藍思禮對屋主的品味不感興趣，一進書房，便直接走向書桌，開始在文件及書籍堆中翻找。

舒清和擔心地問：「不需要把風嗎？萬一有人進來怎麼辦？」

「這裡沒有其他出口，提早發現有人也來不及逃走。如果真的倒楣，就說你迷路了，以爲這裡是洗手間，電影和電視劇全都是這樣演的。」

「怎麼可能以爲這裡是洗手間？」況且大明星和服務生一起找廁所也太不尋常了吧。

「不然他們能怎樣，質疑貴客嗎？頂多催促我們趕快離開，然後扣我今天的工資，誰怕啊？哎，不要再囉嗦了，快過來一起找，早點完工，早點離開，減少被逮到的機會。」

看來藍思禮不光是對變裝潛入感興趣，而是對整場間諜活動都非常熱衷。舒清和無法判斷這項發展的吉凶，只能趕緊加入搜尋。

柯誠勤的雜物眞的很多，加上這裡是書房，紙製品隨處可見，他們的目標比想像中更難發現。

他們搜得專心，等到聽見說話的聲音時，書房門把已被轉動一半。

兩人發現動靜時皆是一驚，立刻矮下身，鑽進書桌下方——那是張大書桌，兩名成年男子勉強能擠進去。

「啊，我們爲什麼躲起來？不是要和對方說我們在找洗手間？」

小記者的提問讓藍思禮愣了一下，「就……反射動作……」

書房的門被打開又關起，似乎是兩個人的腳步敲響了地板。

舒清和緊張得要命，蜷縮著身子，盡量讓出空間給藍思禮，對方有一半的身體都貼到了他身上，手長腳長在這種時候一點好處也沒有。

「鑑定的師傅說它年分太新，價值不高。可是很美啊！我才不管什麼古董價值，東西漂亮比較重要吧？」有個女性的聲音從進門時就在說話。

接著那人又說了幾百字她如何如何喜歡，那件玩物多麼多麼耀眼，說個不停，不給任何人插話的機會，以至於另一人始終只發出無意義的鼻音，無法辨認其身分或性別。

「後來爹地因爲我喜歡，還是買了下來，呵呵。」

柯誠勤沒有女兒，此人多半是乾女兒，或者某種更齷齪的關係。舒清和忽然感到噁心。

女子的聲音沒有接近他們，而是往牆邊移動，接下來的動靜聽著像是玻璃櫃門被打開，大概是要拿那個什麼漂亮東西出來炫耀。

拿了東西趕快滾，快滾、快滾、快滾！藍思禮不悅地扭著眉，腦中不斷催促。

忽然，咚的一聲，有東西掉落在地板上，一路滾動，好死不死滾向了書桌。

「哎喲，又弄掉了，誰放的位置這麼爛？快幫我撿一下！」

另一人嗯了聲，腳步逐漸靠近在書桌底下躲藏的兩名入侵者。

藍思禮很想伸手把不知名的物體推遠一點，無奈就是搆不到。

正不知該如何是好時，有人拉開了書桌後的椅子，彎下腰，探出一張臉……

在絕望中，藍思禮莫名其妙和梅曦明四目相接，打了個照面。

梅曦明大吃一驚，腦袋往後撞上椅子扶手，叫出了聲音。

Chapter 34

「嚇死人了，發生什麼事？」

「這張書桌……也太……太豪華了吧！」梅曦明結巴了半晌，勉強擠出一個不甚有說服力的回應。

他的女性同伴懶洋洋掃過來一眼，「是嗎？我覺得很普通。」

她的位置正好能看到梅曦明睜大雙眼，滿臉驚愕，看起來還真的像是被一張無聊的書桌嚇到。

「你撿到東西了嗎？」

「還沒，我正在……觀察環境。」

梅曦明重新蹲低，視線一直沒離開書桌下方那一對親熱摟抱的怪異組合。

宴會途中兩個人躲起來，除了胡搞瞎搞還能做什麼好事？梅曦明心中緊張，一雙眼連忙在兩人身上仔細搜尋。

幸好，所有的衣釦都在原位，領結沒拆、襯衫也好好紮在西褲裡，大明星的華麗外套雖然被擠皺了，至少沒脫掉，沒脫掉就是好現象！

而且他的小員工還朝他猛使眼色，告知東西的方位，顯然把他當成自己人。這麼一想，梅曦明心情轉好，伸手撈回惹事的珠子途中，還有餘裕順便往他朝思暮想的翹臀摸了一把。

翹臀的主人很不爽，立刻踹他一腳。梅曦明挨踢之後重心不穩，往後跌坐在地，接著哎喲兩聲，笑著慢慢起身。

「拿到了！」他把珠子擺回原位，催促同伴道：「我們該走了，別讓大家等太久。」

藍思禮耐著性子等，終於等到一聲「好啦」，接著是腳步錯動的聲音，書房門開啓，然後關閉，好一會兒不再有其他聲響。

他稍稍探出頭，確定房內淨空，立刻手腳並用從桌底爬出。

藍思禮在書桌旁站直身體，一面喃喃抱怨，一面伸展隱隱痠痛的四肢。

然而，小記者遲遲沒有出現。

藍思禮疑惑地彎下腰查看，發現對方還在書桌下，雙手抱著頭，身子縮起，幾乎融進了角落的陰影裡。

「你在幹嘛？警報解除，可以出來了。」

回應藍思禮的是細細小小的痛苦呻吟，「總經理……總經理摸了我的……我的屁股……」他說話時身體前後搖晃，彷彿這麼做能把可怕的記憶甩出腦袋。

「我已經踹他一腳報仇了。」

「你踢他，他還笑咪咪的，實在太奇怪了！」舒清和終於也爬出來，聲音裡難得帶著指控的意味。

「在交換之前，我和總經理除了問候以外，從來沒有說過其他的話，剛剛那一幕根本不合理。你們之間一定發生過什麼事，你、你不能瞞著我。」

藍思禮嘆了一口長氣，此時此地眞的不適合揭露眞相，可是他也別無選擇，都怪那個色胚亂伸手，他絕對要找機會多踹兩腳洩恨！

「記得有一次，我從夜店傳訊息給你嗎？」

舒清和不是傻瓜，馬上聽懂對方還沒講出來的部分，「你的一夜情對象是總經理！」

「噓！小聲點。」

「我和總經理上、上、上床了！」舒清和努力壓低聲音，恐慌的成分有增無減。

「冷靜點，上床的是我，不是你。」

「可是……可是……」他需要尖叫，爲什麼他要在不能尖叫的場合聽見這些事？

「那只是一次隨機的、毫無意義的娛樂活動！我每天洗澡，幫你的身體抹乳液，這裡、那裡全部都徹底摸過幾百遍了。相較之下，一夜情才幾十分鐘，短暫到根本不值得特別記住。」

舒清和的臉色一陣紅一陣白，他從沒用那種角度看待過洗澡！

「我以爲事情結束後便會自然消失，消失了就不必多提，不是刻意隱瞞。只是……只是事情的發展稍微超出預料，誰知道梅曦明那傢伙連個花花公子都當不好！」

藍思禮眞希望現場有第三個人，像是麗莎、端木……不，不行，此刻不適合端木。然後那個第三人就能告訴小記者，藍思禮願意花時間解釋是多麼罕見又可貴的一件事！

「我保證認眞收尾，目前的打算是——」

「不、不……」舒清和亂揮雙手，「不要告訴我細節，這件事就拜託你全權處理吧！」

「你的鴕鳥心態有時候眞的很方便。」

「我只希望事情能順利解決。你也知道，我已經跟木沐在一起了。」提起新戀情，舒清和雙頰泛紅，原本激動的情緒緩和了不少，「等我們交換回來，總經理搞不清楚狀況，一定很錯愕，說不定還會傷心難過，那樣太可憐了。」

雖然是自己的身體，藍思禮還是忍不住從桌上抄起一份文件，往舒清和的後腦勺搧下去。

「哎喲！幹嘛打我？」

「當聖母是有香油錢可以分嗎？不要處處優先爲別人著想行不行？」

舒清和鼓起雙頰，「我才沒有……」

藍思禮正要開始舉例，門邊忽然傳來聲音。他們太投入在對話當中，連躲都來不及。

門開了，這次進來的是梅曦明一個人。

「幹嘛又跑回來，丟下你的女伴不要緊嗎？」藍思禮說著皺起了眉頭，他不喜歡自己語氣裡透出的尖銳，那算什麼意思？

「她不是我的女伴。」梅曦明卻沒有半點不悅，他關上門，雙手放進口袋，腳步輕慢悠哉，眉眼帶笑，彷彿很享受被人厲聲質問。

「我純粹是好奇才陪她過來一趟，她現在跟她『眞正的同伴』在一起。」

舒清和緊張地看著總經理的視線轉向自己，從容和笑意已從對方的臉上消失。

舒清和全身爲之僵硬，比在公司偶遇的壓力還要大，「梅、梅先生。」

「藍先生。」

兩人互相點頭致意，聲音緊繃，神色都透著不安，似乎都在質疑對方爲什麼出現在此地？

終究是梅曦明在社交方面更成熟，微笑很快又回到他的嘴角，「傳言說藍先生有個新結交的記者朋友，沒想到是眞的，更沒想到那位記者是我下面的人。」

對方的用字遣詞讓舒清和的焦慮大幅上升，他眞的需要找個地方放聲尖叫。

「喔，是的，我們正在合作一篇專訪。」

梅曦明還想追問，旁邊的藍思禮卻不耐煩了，「現在沒有空聊廢話，先辦正事。」

舒清和答應了一聲，兩人繼續剛才的搜索任務。

「什麼正事？」梅曦明好奇地挨近，「你們爲什麼躲在柯誠勤的書房？」

「找筆記本。」

「什麼樣的筆記本？」

「外觀不明，內容邪惡齷齪的筆記本。」

梅曦明隨口發問，聽得不太認眞，他的心思有大半都放在較遠處的大明星身上。

對方同樣不時抬眼覷他。每當他往他的牙尖嘴利小員工貼近，像是故意把鼻子湊到耳朵邊，偷偷聞一下髮香時，那個唯我獨尊的大明星就會僵住，臉上流露恐慌神色，彷彿下一秒就要衝過來推開他。

那樣的反應讓梅曦明很困擾，高高在上的大明星居然交了個朋友，兩人還結伴在柯誠勤的屋裡冒險、親熱地摟抱在一起。現在大明星還用充滿警戒的眼神，緊盯著別人和這位朋友的一舉一動？

友誼可不是這個模樣，貪婪的大明星一定是發現了小員工的好，想要偷偷搶走。想到這，梅曦明的一顆心忽然變得沉重。

外貌的優劣屬於主觀審美，梅曦明和大明星的類型不同，難以比較，勉強能夠分庭抗禮。性格方面，他則自認稍占優勢。但是大明星比他有錢、有名、有才華，粉絲無數，光是巨星的頭銜就能閃死人，他怎麼競爭得過？

早知有一天必須挑戰這種等級的大魔頭，當年就該努力賺錢，累積財富，而不是離家追求興趣與夢想。梅曦明暗暗懊惱，陷入想像中的困境，完全忘記自己的初始目的並不是追求小員工。

「這個抽屜鎖住了，不知道木沐能不能打開。」藍思禮已經將書桌搜完一遍，不得已又回到最上層的抽屜。

「警校應該沒有教人開鎖。」舒清和的搜索也沒有成果。

「紈褲子弟的學校有沒有教呢？」藍思禮忽然轉向第三人。

梅曦明及時回神，笑了笑，「正確的用詞叫『貴族學校』，你沒聽過嗎？」

「哼，貴族個屁！」

貴族學校當然沒有教，梅曦明也不懂開鎖，但是他發現電腦螢幕旁邊有張便利貼，上面記著開機密碼。

「我媽也會這麼做，說不定這些記性不好的老人家們還有更多相同的習慣。」

他掀開桌墊，底下空空如也；抬起鍵盤，空的；再拿開一隻神祕的駿馬擺飾，依然是空的。

「拜託，柯誠勤不可能那麼蠢——」

藍思禮話說到一半，梅曦明把那匹馬翻了過來，底座赫然黏著一把扁扁的古銅色小鑰匙。

梅曦明露出勝利的笑容，取下鑰匙，打開上鎖的抽屜。

「他們會幹的蠢事可以說超乎想像，我見識過太多了。」

拉開抽屜，正中央躺著一本黑皮記事本。舒清和翻開一看，內容果然如安特助所說，充滿一樁樁齷齪勾當的紀錄，正是他們找尋的目標。

間諜遊戲大有斬獲，藍思禮十分高興。

「幹得好，大功一件！」他用力拍了拍梅曦明的肩背，態度有如上級嘉許下屬。

對此，梅曦明豈止不以爲忤，還順便把得意洋洋的笑容投向想像中的競爭敵手。

舒清和在一旁看得既驚恐又困惑。

工作人員不能攜帶手機進入宴會，拍攝筆記內頁的工作便由舒清和負責，藍思禮在旁翻頁協助，同時打發梅曦明到門邊留意外面動靜。

等到不太情願的總經理離開可以聽見說話聲音的範圍，舒清和才小聲對藍思禮說起悄悄話，「你有注意到他用什麼樣的眼神看著你嗎？」

「這個話題已經過了，不要再提。」

「爲什麼只是一個晚上就有那種效果？」

「不到一個晚上。」藍思禮糾正，「可能我的天生魅力就是會不小心冒出來，我也沒辦法。」

「哦。」舒清和就算再多幾個膽子也不敢質疑天王巨星的魅力。

筆記又翻過一頁，他趕緊對焦拍攝，眼睛不敢細看文字，就怕情緒太受影響。

舒清和再度開口，「你們有過那種……交流，總經理沒有失望嗎？抱怨太普通，太無聊之類的……」

他可是鼓足勇氣才敢發問，經過高孟璟的各種刻意貶低，他在床上的自信幾乎要見底。他很渴望和端木的關係更進一步，同時也滿腹憂慮，萬一自己眞的就那麼糟呢？

「每次提到性，你的反應就像個害羞少女，幸好你的身體恰恰相反。」

舒清和爲對方的評論驚得滿臉發紅發燙，舉起雙手蓋住了臉。

果然沒說錯，就是個害羞少女，藍思禮翻了個大大的白眼。他們誰都沒注意到從門邊投過來的複雜眼神。

「別往太下流的方向想。」藍思禮指著筆記本，提醒舒清和繼續拍攝，「我的意思是，你的身體各方面都反應良好，滿性感的啊！」

「你……你總是很有自信。」即使身體不是自己的。

「不信我，就去問梅曦明怎麼樣？」

兩人同時往梅曦明的方向看，後者吃了一驚，急忙咳嗽幾聲掩飾，「咳咳，門外很安靜，沒有半個人在，你們辦完事，要出去了嗎？」

藍思禮看向舒清和，小記者低頭檢視了一遍收放照片的資料夾，「嗯，都拍到了。」

他們把筆記本鎖回抽屜，鑰匙物歸原處，推開門，書房外面的走廊果然如梅曦明所說，靜悄悄的，毫無人影。

「我先回廚房一趟，看看能不能提早下班。」藍思禮說著對梅曦明目露凶光，威嚇道：「不許對任何人說起今晚的事，知道嗎？」

梅曦明投降般舉起雙手，「抽屜是我拿鑰匙開的，怎麼可能說出去？」

藍思禮對他的回覆感到滿意，先一步下樓。

梅曦明向舒清和點了點頭，也打算跟著離開。

舒清和往走廊兩端張望，端木還沒有出現，如果是其他時候，他會因此不安，但現在對他而言，卻是個大好機會。

「梅先生，方便借一步說話嗎？」

他不可能詢問臥室門後發生的事，然而他急著需要一些其他資訊。

「有什麼事嗎？」

梅曦明似乎不太自在，不過他沒有說不，其實並不奇怪，這棟屋子裡敢直接拒絕大明星的人本就屈指可數。

「你和舒清和……你們……」舒清和有點後悔沒事先打好草稿，「我知道，你們有過一夜情，但是我不確定……你是不是喜歡他？」

梅曦明驚訝極了，這段問話的怪異之處實在多到難以計數，他的腦中因而閃過好幾個問題。

小員工告訴藍思禮這件事？他竟然在乎到特地跟藍思禮說這件事？藍思禮幹嘛來問他？先問過小員工了嗎？小員工又是怎麼回答的？

藍思禮問這件事的意圖何在？不覺得這樣問很唐突嗎？藍思禮該不是嫉妒他吧？天哪！那個囂張霸道不可一世的大明星嫉妒他？

梅曦明抿著唇，半晌才擠出一句，「這不關你的事。」

舒清和急道：「你不可以喜歡他。」

「我可以，但是我沒有喜歡他。」

水準過低的嘴硬，連舒清和都沒被說服。

「你們是上司和下屬，當然不可以。」

「這眞的不關你的事。」

「他只是個平凡的普通人，長得不帥、不性感，也不可愛——」

「他很可愛！」打斷大明星說話很不妙，可是梅曦明實在忍耐不住，「他的個性很可愛！而且大方、熱情、率眞，和他相處從來不無聊。」

「我可以理解你對外表的重視，演藝圈嘛，就是那個樣子！你也的確夠格批評別人，世上大概沒人能否認你長得超俊美，皮膚白皙、身形纖細優雅，簡直是最精緻的藝術品。老實說，你的外表完全是我的菜，我從沒見過比你更耀眼的美男子……」梅曦明說得太順口，多年的感受一股腦傾倒出來，好不容易驚醒，意識到自己都說了些什麼時，差點就要開窗跳下去自我了斷。「然、然而，外表一點都不重要！我不在乎外表！」

可惡，好像太遲了，他發現對方正用一種若有所思的微妙神情看他笑話。

「你好像非常欣賞藍思禮。」

「先不說你用第三人稱叫自己有多麼詭異，舒清和的外表還是有強過你的地方，比如你的那個……扁平的銅鑼燒屁股。」

「銅鑼燒很好吃耶！」

「我不貪心，我有可愛的翹臀就滿足了。」

「才不是你的！」

「也、也不是你的啊！」梅曦明內心一驚，他提到小員工的翹臀，大明星爲什麼臉紅？

這場莫名展開的對話最後突兀地終止於端木的出現。

舒清和一看到人就趕緊閉上嘴，梅曦明也不繼續爭下去，只是愣愣待在原地，目送著高壯嚴肅的助理將大明星帶走。

Chapter 35

來到一樓，端木沒有前往大廳，而是領著舒清和往廚房和後門的方向走，遠離眾人耳目。「你是不是遇到麻煩？藍思禮呢？」

「他說要去一趟廚房。」

走了一小段路，身邊有端木陪伴，舒清和感到冷靜多了，回想適才的場面，心裡有點懊悔。跟總經理起爭執很不恰當，更不合他的性情，難怪端木要這麼問。

「我沒有遇到麻煩，只是一時心急……回、回去再詳細跟你說。」

端木微微一笑，「你不一定要告訴我所有的事，你知道吧？」

老實說，他還眞的不知道。雖然感激端木讓他保有祕密，可是他該如何在坦承與隱私之間做決定呢？總經理和藍思禮的糾葛該不該講呢？或許他應該先向當事人討教？

他剛想到藍思禮，人就出現了。

「喂，木沐，你剛剛消失到哪裡去了？」

藍思禮的手裡又是一盤新的食物，小杯裝的果凍甜點。舒清和開開心心拿了兩個來吃。

「那個年輕小伙子很焦慮，我帶他去吧檯拿酒喝，順便聽他吐苦水。」

聽小伙子說，他是個模特兒起家的電視演員，在圈內打滾了數年，目前正在拍攝黃金時段的連續劇。他在劇中擔任第二男主角，戲分吃重，發揮的空間很大，可說是他的第一個重要角色。

他全心全意投入拍攝，表現也得到劇組的認可，本來一切都十分順利，最近卻屢屢有風聲流傳，說贊助商想換掉他，另外安排中意的人選。

他當然不願意被換掉，卻也無力反抗出錢的金主，經紀人於是要他來找柯誠勤求助。

「他和丁路亞簽的是同一家經紀公司。」

藍思禮嗤了一聲，「眞不意外。」

端木接著又說：「他聽過柯誠勤那伙人的流言，害怕對方可能要求的代價，更害怕自己萬一不敢拒絕，將來後悔莫及。我告訴他，如果他有一絲猶豫，就應該馬上離開，所以他剛剛走出了大門。」

「眞是雞婆耶……」藍思禮瞪大了眼。

「他本來就考慮要走，我只是出聲附和。」

「你什麼時候變成了正義之士？」

「應該是在不久之前。」端木彎起嘴角，眼望舒清和。

舒清和當然懂男友的意思，開心得胸膛都快炸開來，「你眞好，幫助了那個人，我好想撲過去給你一個大大的擁抱！」還有一個吻，但是他不敢公然說出後者。

藍思禮朝左右看了看，很安全，「不必多說，就讓我代勞吧！」

他隨手把裝點心的盤子往旁邊窗台一扔，大跨一步撲向端木，送給對方一個熱烈的擁抱。

端木措手不及，不小心發出了人生中最缺乏男子氣概的一聲驚叫。

藍思禮在端木的臉頰上快速啾了一口，才大笑著鬆手，「哈哈哈，舉手之勞，不必客氣！」

他重新端起盤子，動作粗魯，甜點全部倒成一團，「送完這批食物我就要閃人了，晚點再聯絡。」語畢，伴著一陣笑，揚長而去。

舒清和實在哭笑不得。幾步距離外的端木動也不動，宛如石化，蒼白的臉上滿是驚恐，彷彿剛剛被蛇髮女妖親了一口。

舒清和比任何時候都希望自己趕快回到他原本的身體和人生，再不快點恢復原狀，恐怕木沐連對自己的眞身都要產生陰影了！

✦

梅曦明從座位上舉起手，微笑著向剛進餐廳的藍思禮招手。

藍思禮快步走來，聞到鄰桌的食物香氣，肚子咕嚕作響。

「一大早我就被叫去機場，到現在都沒吃什麼東西。」他立刻點了能最快速出餐的品項，一面解釋道。

「雜誌的工作嗎？又去堵哪個倒楣的藝人？」梅曦明笑問，伸手把自己先點的開胃小菜推到藍思禮面前。

「目前還不算是工作。」

「哦，那是在忙柯誠勤的筆記本囉？我一直很好奇，你們到底拿到了什麼？」接觸到藍思禮遲疑的目光，他趕緊又補充，「我不是以上司的身分問，而是個熱心的參與者。」

藍思禮知道小記者一旦完成資料蒐集就會稟報上級，梅總是上級的上級，又已經參與其中，與其放任他胡亂猜想，不如誠實告知。

於是藍思禮從丁路亞的事件開始說起，一直到擬訂計畫，尋找記事本，都講給對方聽。包括明星藍思禮是如何牽扯在內的部分，也揀著重點說了。

「我聽說過那個計分表！」親手找出來的筆記本竟然是那樣的內容，梅曦明十分驚訝，「還以爲他們是你情我願，類似包養的關係。」

「或許眞的有人心甘情願，認爲利益交換很値得，事業成功大於一切。但是這種事根本不可能確認，當雙方的權力關係嚴重不平衡，演藝生涯的生殺大權掌握在其中一方時，怎麼談自由意志？我就知道好幾個拒絕的例子，下場都不好。這一類的交易壓根不該存在。」

「原來你有理想主義的一面。」

抱有理想的是小記者，藍思禮自認他只是在尋求樂趣的過程中，偶爾幫個兩把。不過，他頂著小記者的外皮，倒也不便否認。

「我沒有天眞到認爲我們能夠根除惡習，不過至少拔除了最腐爛的部分，在下一個柯誠勤出現之前，或許可以給這個圈子幾年，甚至十幾年的健全環境。」

梅曦明認同地點點頭，「現在的進度怎麼樣了？」

「小記者……也就是我，很努力，廖伯也願意幫忙，我們一起找到幾個可能願意談談的受害人。還有個朋友提供了一份名單，上面有些對柯誠勤他們不滿的知情人士，說不定也能從他們那邊問到有用的東西。」

「你叫自己小記者，好可愛。」

「整段話你就聽到這個？」藍思禮怒道：「那是自稱專用，你不准叫！」

「好，好，不叫！有，有聽到全部。」梅曦明微笑回應，覺得對方惱羞成怒的模樣更可愛，「你平常還有雜誌的工作，一定很累吧？」

藍思禮確實是又累又煩躁，除了時不時支援小記者的正義之舉，他還要爲《盜火人》的工作奔波，並且開始爲下一張專輯擠出想法，忙得不可開交。

在擁擠的日程當中，他和梅曦明計畫約會的通訊往來竟成了心靈綠洲。

藍思禮或許是意識到機會難得，因爲結束這段關係之後，誰知道要等到何年何月才能夠再次和另一個人正大光明相偕出遊。隔天不會登遍所有的媒體，不會被經紀公司叨念關懷，不會有一大堆崩潰的粉絲需要安撫。

光憑這一點，和梅曦明的約會便值得珍惜。

忙忙碌碌地計畫安排，到了正式約會的今天，卻開始得並不順利。

藍思禮昨晚回自宅和小記者他們吃晚飯，飯後靈感大發，便順勢留下，利用心愛的鋼琴譜寫新曲，直到半夜才返回公寓。

睡不了多久，一大清早廖伯就來叫醒他，說是終於找到某個已離職的電視台員工，對方知悉內情，也願意和他們面談，但是只能撥出上飛機前的短短幾小時。

他們匆匆趕往機場，一來一回，加上訪問面談，時間耗去不少，當藍思禮及時趕到和梅曦明約定的餐廳時，他的精神和外表都不在最佳狀態，心底有股難以解釋的懊惱。

然而……梅曦明望著他的雙眼依然明亮，從今天第一眼見到他就是如此，即使他差點遲到，吃相接近狼吞虎嚥，打扮不夠講究，那雙眼始終帶著笑、亮著光。

眞是怪人！不過他有點喜歡這個怪人看著他的目光。

塡飽了肚子，兩人便按照藍思禮事前的要求，中午前後的時間都在熱鬧的街區度過。

梅曦明並不反對，只在訊息中表示驚訝，他以爲對方不會喜歡擁擠的人群。藍思禮只表明機會難得，想要享受在茫茫人海中當一個無名小卒，愜意又自在。

這些古怪的言詞，梅曦明老早就放棄質疑了。

「你也一樣，別打扮得太搶眼，破壞我要的氣氛。」藍思禮不忘在訊息中追加警告。

也知道這項約會計畫的張鳳翔聽了梅曦明的轉述，連連點頭，「任性很好，他更任性一點，你就產生更大的反感。」

但是並沒有。梅曦明配合得心甘情願，毫無怨言，還事先用網路街景圖查看該區逛街人群的衣著風格，竭盡所能地讓自己的打扮融入其中。

如此這番的努力，卻仍然引來過多的注目，眞的不能算他的錯。

「算了，他們不是在看我就好。」藍思禮聳聳肩，走出不知道第幾家把他當空氣的店，店員只顧著對一身貴氣的梅曦明獻殷勤。

「偷看你的都在背後，你沒發現罷了。」

藍思禮聞言轉頭，眞的逮獲幾道急忙從他臀部移開的視線，以及那個笑咪咪的梅曦明。

「你也不准站在我後面，到旁邊來。」

「我應該可以看吧！」

藍思禮覷他一眼，詭祕一笑，「也對，你把握機會，多看幾眼。」

梅曦明想起兩人的約定，今天以後許多事都不能做了，實在覺得可惜，「往後你在公司最好穿寬鬆點的褲子。」

「你自己怎麼不戴墨鏡上班呢？」

「爲什麼?啊，我的眼睛太好看，需要遮起來？」

「是你的視線太汙穢，需要藏起來！」

他們在紅燈路口停下腳步，一旁的巨型螢幕正巧在播放藍思禮代言、小記者演出的化妝品廣告。

兩支影片輪番上陣，一身科幻風勁裝的大明星在廢墟中漫步，在狂風沙中回眸，一遍又一遍……

藍思禮仰頭欣賞，紅燈秒數有多久，他就看了多久的廣告，等到號誌轉換，才帶著自戀的微笑移開視線。

「你是藍思禮的粉絲嗎？」

梅曦明詢問時的語氣刻意假裝輕快，當中的古怪卻沒有完全藏妥。

藍思禮回想他們三人同在柯誠勤書房時的詭異氣氛，再看梅曦明此刻的神情，他不正面回答，反問道：「你對藍思禮很反感嗎？你們之間是不是有過節？」

他雖然全無印象，可是在演藝圈中，無意間搶走誰的機會、占走了更好的資源、說了被曲解的話，他遇到過太多次，已經見怪不怪。

「在柯誠勤的宴會之前，他根本沒多看過我一眼。」

「他注意過你，只是不想和任何人在工作以外有牽扯。」藍思禮輕聲道。他知道他沒必要解釋，可是他不喜歡對方聲音裡隱約透出的酸澀。

「除了公司交代一定要應酬的對象，藍思禮待誰都是一樣，他只在乎事業和他自己。」而且還有記憶人臉與人名的障礙。

「你好像很了解他。」

「我可是爲了專訪下過苦功。」藍思禮得意一笑，心中暗自感謝這個萬能好用的理由。

「你知道嗎，他在柯誠勤的宴會特地找過我，警告我離你遠一點。」

「眞的？」小記者沒告訴他這件事。

「他會不會是在……吃醋？」

藍思禮先是面露訝異，接著大笑起來，「別傻了！」

別傻了，我和藍思禮之間沒有那種情愫，他才不會吃醋；或是，別傻了，我和你之間沒有任何需要他吃醋的感情成分。到底是哪一種？梅曦明焦急等著下一句。

然而對方已經高高興興鑽進一家二手書店，開始談起一本他很想收藏的絕版書，再也沒有下一句了……

他們盡興逛街之後的行程是欣賞音樂劇，接著吃晚餐。

梅曦明負責駕車，副座上的藍思禮情緒高昂，針對方才看完的音樂劇滔滔不絕地發表心得。

車內播著優美的鋼琴曲，三十分鐘的車程，竟然一轉眼就到。

餐館的位置接近市郊，梅曦明在附近公園的地下停車場停妥了車，兩人走樓梯上來。

外頭的天色已全黑，公園內燈光微弱，幾名年輕人在停車場出口處嬉鬧，沒注意到有人出來，推擠間擦撞到了梅曦明。

藍思禮走在旁邊，聞到一股酒氣，皺了皺鼻子。

雖然是對方的過失，但梅曦明並不奢望獲得道歉，只是默不作聲繼續往前走。

反倒是對方叫住了他們，「嘿，我認得你！」

藍思禮吃了一驚，一時以爲眞實身分不知爲何竟被識破，回頭卻發現對方的目標是梅曦明，錯愕更深。

「對、對！就是你！你就是那個混帳雜誌社的老闆，對不對？」其中一名年輕人指著梅曦明，口氣凶惡，滿臉怒容，「我認得你啦！出那個什麼垃圾報導，我們家路路就是被你害慘的！」

其他人紛紛附和，也跟著激動起來。

路路？哦，丁路亞！藍思禮強忍住白眼。粉絲群的瘋狂程度這麼高，偶像本人都不想點解決辦法嗎？

「你們搞錯了，我不是什麼老闆。」梅曦明勉強解釋了兩句，他的表情語氣都很緊繃，一手拉著藍思禮，腳下步伐加快，想要趕快脫離這個區域。

那伙人竟跟了上來，嘴裡叫囂謾罵，帶著幾分酒意，儘管還有些大舌頭，街頭地痞的狠戾氣勢卻是不減。

梅曦明有點急了，走得更加快了。

然而兩人不熟道路，又無法停下來察看地圖，公園附近既不明亮也不熱鬧，匆忙間拐進的巷弄越來越僻靜，離目的地似乎越來越遠，後方的腳步聲也越來越接近……

藍思禮回頭瞥了幾眼，對方一共五個人，中等體型，每個人看起來都怒氣沖沖。他這輩子打架從沒贏過，養尊處優的梅公子多半也無法依賴，情況眞的不妙。

以前他身邊有端木在的時候，怎麼就沒發生過這種刺激的事件？

「姓梅的，有種別走啊，敢做不敢當喔？」

不顧梅曦明的拉扯，藍思禮驟然停步，「夠了！他不姓梅，只是個普通上班族，你們認錯人了！」

眾人都愣了一愣，除了梅曦明，其餘五人接著都笑起來，「你這個老實傻瓜被騙啦！他的那張臉我們能認錯嗎？他就是八卦雜誌的老闆，養了一群狗仔，專門捏造新聞！缺德啦！」

「眞的嗎？你欺騙我？」藍思禮甩開了手，臉上又驚又怒又飽含委屈，「你、你、你好殘酷，竟然對我撒那種彌天大謊，辜負了我的青春！」語畢，還推了梅曦明一把，自己後退兩步。

梅曦明比所有人都震驚，兩眼迷惑地望著藍思禮，搞不清楚現在上演的是哪一齣。

老實說，藍思禮的演技只能用浮誇拙劣來形容，然而小記者的長相有忠厚加成，相互增減之下，要矇騙幾個陌生醉鬼也足夠了。

「喔喔，是不是騙炮啊？眞實身分也不講，有沒有良心啊？」

「這一切眞的都是誤會。」梅曦明萬分無奈，對方不斷進逼，他只能在小巷中不斷後退。

就在這個馬上有人要挨揍的危急時刻，藍思禮忽然繞到後方，起腳踢了其中兩人的膝蓋後方，動作又快又狠。

對方應聲跪倒，他立刻往前衝撞，在不夠寬敞的巷弄裡，那五人連聲怪叫，有如骨牌般倒成一團。

小記者的身體果然靈活有力！

藍思禮偷襲得手，幾步跳過地上的人，滿臉喜色地抓住梅曦明的手，「快跑！」

Chapter 36

藍思禮與梅曦明拉著手衝出小巷，連續奔過幾條街。

初時還能聽見來自後方的大呼小叫，漸漸地，距離越拉越遠，最後終於只剩下彼此的腳步聲相伴。

他們在另一座較大的市民公園緩下來，從奔跑轉爲步行。

這裡路燈明亮，民眾也多，或遛狗或散步，還有一小群學生圍著石桌和石椅野餐。

大馬路就在外側，車水馬龍，與先前的陰暗小公園相比，簡直是兩個世界。

梅曦明的體能遜於小記者，率先止住腳步，倚著公園裡的波浪造型牆，雙手按住膝頭大口喘氣。

藍思禮往圍牆的另一邊偷偷瞧了一眼，除了一隻拚命想掙脫牽繩找他玩的小狗，看不見其他威脅。

他回過身，興奮嚷著：「我生平第一次把人打倒在地！」

梅曦明邊笑邊喘，過了好一會兒才有辦法正常說話，「那叫偷襲。」

「兵不厭詐，偷襲更爽快。」

雖然不是同一個人幹的，但是丁路亞的粉絲搞砸過他的活動，藍思禮可還沒消氣呢！

「我一度以爲你打算拋下我，自己開溜。」

「很害怕嗎？」藍思禮揶揄道。

「很傷心，所以我正準備揭露你的身分，有苦頭一起吃。」

「你才不會！」

藍思禮微側著頭，勾起唇，連眉眼也笑得微微彎曲，笑容有幾分得意，又像在挑逗人。

梅曦明只是癡癡回望著他。

兩個人其實都不喘了，心跳速度卻都沒降下來，與危險擦身而過的刺激還充斥在體內，腦袋發熱發暈，彷彿再不做點什麼就要馬上爆炸。

藍思禮向前靠近了一步，梅曦明立即伸臂將人攬進懷中。藍思禮勾住他的頸子，下一秒四片唇瓣已緊緊相貼，再到探舌深吻，也不過一眨眼的時間。

梅曦明視線受阻，只能盲目移動，將藍思禮擠在自己的身體和牆面之間，在這個燈光照不到的陰影裡吻得難分難捨，正要路過的民眾紛紛改道。

從昏了頭的激情當中率先清醒的是藍思禮，他將梅曦明輕推開半步，抿著被吻得發紅的唇，抬眼與對方四目相接，兩人都陷進了沉默。

「是……是腎上腺素在作怪，沒有別的意思。」藍思禮的聲音仍有點顫。

「對，當然，是腎上腺素，你說得都對。」梅曦明只能點頭附和。

這場逐漸不受控制的約會，接下來該進行吃飯的環節。

基於某種奇異的默契，他們一致同意放棄太花時間的浪漫晚餐，改在簡便的連鎖速食店隨便果腹，之後便搭計程車直奔下一站——那個公園停車場今晚大概不宜再造訪了。

梅曦明報給司機的地址不是高級大飯店，而是他的住處。

藍思禮望向窗外，看著計程車拐過幾次路口，街景居然越看越眼熟。

原來他和梅曦明住得這麼近嗎？他先是覺得有趣，很快又莫名氣悶。兩人以後不相往來，住家的距離遠近有什麼意義？

計程車將他們送到一排新穎氣派的高樓前。經過藍思禮看不出美感的長方水池、幾塊扭曲的大理石，兩人乘電梯上到十五樓，抵達他初次踏足的梅曦明的私邸。

「我還以爲梅公子的住處會更加金碧輝煌。」藍思禮一走過玄關，便不客氣地在客廳裡任意走動，東瞧西看。

梅曦明的住處頗有現代藝廊的風味，嫌棄的人覺得做作，有共鳴的人則會稱讚屋主品味高雅。藍思禮屬於後者，但他可不打算承認。

「你要金碧輝煌，我的老家應該符合標準，不過正常人通常不會想去那個鬼地方。」

梅曦明落在對方身後半步，困在優先觀察客人反應，或是欣賞客人美臀當中天人交戰，兩隻眼睛簡直不夠用。

「作爲屋主，我理當提供初次到訪的客人一次導覽……」

「好啊，就從臥室開始。」

藍思禮拉住梅曦明的衣領，拖著他往自己直覺是臥室的方向前進。

「就知道你想念我的藍色小精靈。」梅曦明笑了起來，從後方抱住藍思禮的腰，調轉了九十度，讓對方朝向正確的臥室方位，「等我的藍色小精靈見到你，恐怕它就不小了，馬上會變得像神燈精靈那麼大，連事先摩擦都不需要。」

藍思禮聽了覺得好氣又好笑，「低級的色胚！你都是這樣子跟交媾的對象說話嗎？」

梅曦明一怔，忽然回答不出。

他第一次意識到，他只對眼前這個鬼靈精隨心所欲地說話。在其他人面前，無論是扮演年近四十的總經理，或是風流倜儻貴公子，多少都要照顧形象，他此刻感受到的自在輕鬆還眞的難以在別處尋得。

「怎麼不說話，心靈又受傷了嗎？」藍思禮的眉目之間竟然有一絲憂色。

「沒錯，快對我負起責任！」

梅曦明笑著推開臥室門，伸手摸到牆面開關，調整出情調滿分的暖黃色燈光。

這次藍思禮不再分心欣賞裝潢，一雙眼和兩隻手都專注在梅曦明的衣物上。兩人跌跌撞撞抵達床鋪時，對方好幾顆衣釦已被他粗魯扯開。

梅曦明把人壓在床上，單手探進對方衣底。藍思禮今天穿的是低腰褲，只需稍微拉起襯衫，迷人的腰線便暴露出來。

梅曦明的血液爲之沸騰，他低下頭對著那一小片結實光滑的肌膚連親帶舔，又因爲身下人扭動著發出的喘音太性感，忍不住轉移陣地，在對方的嘴唇、耳朵、泛紅發熱的臉頰上灑下無數個吻。

藍思禮一開始也十分投入，漸漸卻皺起眉頭——有兩個硬物頂著他的小腹，很不舒服。

他伸手擠進他和梅曦明的身體之間，往下摸索，抓到其中一個發熱著的硬物。

梅曦明身體微微一顫，灼熱的吐息拂過藍思禮的耳殼，伴著愉悅的輕嘆，「眞是急性子。」

「嘖，不是這個。」藍思禮鬆開了手。

「什、什麼意思？」

「哈，抓到了！」

藍思禮終於從梅曦明的長褲口袋拿出手機，機身還在震動，他抬手便要遠遠扔開這件惱人的障礙物。

梅曦明瞥見螢幕，大驚失色，趕緊空出雙手去攔，「等一下，別丟！」

「你要在這種時候接電話？」藍思禮怒瞪對方。

「我媽打來的電話非接不可。」

藍思禮一聽更氣，興致已經冷了好幾度，另一種火就快燒起來。他使勁推開梅曦明，自己在床上翻滾了半圈，氣呼呼地把臉埋進棉被裡。

「你還沒成年的話要先講啊！」

「你不知道我媽的可怕。」梅曦明只能苦笑，「我曾經無視她的來電，結果她報案說我在家尋短，沒多久警察、里長、社區警衛就找上門來，還有消防員待命，一堆鄰居也跑來看戲。當時善後花的心力，現在光回想就頭痛死了。」

「哦！」藍思禮從床上抬起頭，雙眼因爲期待而發亮。

「沒錯，那些幸災樂禍的混蛋鄰居就是你現在這個表情。」梅曦明往他翹起的屁股拍了兩下，「我很快回來。」

「萬一我睡著了，你再叫醒我吧！」

「好、好，你想做什麼就做什麼。」

梅曦明接通電話，關上臥室門離開。

藍思禮則趴回柔軟的棉被裡，藏起了臉上的笑咪咪。

赴約之前，他從沒料到自己會如此享受。他的約會經驗極爲匱乏，美好的回憶更是少得可憐，最近的一次還得追溯到十年之前，打工時認識的人約他出去。

兩個經濟不寬裕的年輕人在平價連鎖餐廳吃東西，然後逛逛夜市。氣氛本來不差，直到他拒絕了對方的毛手毛腳，最後落得不歡而散，到頭來連朋友也沒做成。

後來他簽進萬娛，拚了命朝歌手之路邁進，面對邀約一率以事業不允許爲由，嚴詞回絕。

許多人都批評他跩，他既不反駁，也不修正態度，反正他對約會談感情之類的事本來就不抱期待。

可是今天他覺得很愉快。

他又滾動了幾圈才碰到床緣，梅曦明果然懂得生活，這張床不僅大，還舒服得不得了，彷彿將他托在雲端。他用臉蹭了蹭絲滑的枕套與被套，聞到有如綠茵般的清新香氣，小記者的洗髮精就是類似的香味，梅曦明大概是據此判斷他的偏好，特地下了功夫準備。

藍思禮伸展四肢，抱著棉被打了個大呵欠。

昨天睡得少又早起，整天下來好累，現在又一個人待在助眠效果拔群的豪華床墊上，眼皮要不沉重也難。

在床上發現抱著枕頭，呼嚕嚕睡得香甜的約會對象，梅曦明不太意外。要怪只能怪自己，或是電話裡一會兒哭泣一會兒咆哮的難搞老母。梅曦明聽她控訴二姊忤逆不孝，順便受連累挨罵，竟然就花去半小時，換作是自己，大概也會等到睡著。

梅曦明壓住自己的呵欠，走到床邊，他的約會對象睡著的模樣平靜溫柔，因爲閉著眼睛，氣質似乎整個不同了。

說起來，約上床的對象酒喝太多，醉倒不醒，他直接付了房錢離開的敗興情況以前也曾發生。當時感覺很差，但此刻他的心中卻一片平靜，心頭甚至有點甜。

他自顧自微笑，伸手去解小騙子的襯衫鈕釦，脫下來披在椅背。對方重視儀表，要穿的襯衫可不能睡皺。

最後他再把室內燈光調暗，小心翼翼鑽進棉被，躺到對方身邊，保持著一點點距離，追著對方進入夢鄉。

✦

藍思禮醒來時已經是隔天清晨，他的上衣不見了，長褲還在，身邊還有個明顯的熱源。他扭過頭，枕邊躺著另一個人，那樣的畫面很怪、很新鮮，倒稱不上討厭。

空調涼爽，棉被裡暖得剛剛好，他不太想動，只側轉過身，面對著梅曦明，腦袋努力回想，沒有半點對方返回臥室的記憶。

爲什麼沒有按照約定叫醒他呢？各種可能性在他腦中轉過，卻是越思考越是教人困惑。

梅曦明也慢慢地醒了，眨著還有些睡意的眼，扯開一抹笑，在晨光中看起來格外英俊。

藍思禮伸出手，碰觸對方的臉，指腹摩過生成不久的細小鬍渣。

梅曦明閉了閉眼，又睜開來，很舒服似的，「大家都說眼睛是靈魂之窗，從前我以爲那只是視力保健的口號，認識了你，才知道原來都是真的。總覺得透過你的眼睛，能看得比外表更多。」

「眞肉麻，不像色胚說的話。」藍思禮出言嘲諷，語氣卻溫和。

「我好色又感性，不衝突。」

藍思禮看著梅曦明握住自己的手，拉到唇邊輕啄一口，動作很輕，彷彿怕捏壞他……不，不是他，那是小記者的手。

「你很喜歡這個身體吧？才會對那一晚念念不忘。如果一切都不一樣呢？」

「怎麼個不一樣？」

「比如，我突然矮了十幾公分，長相改變，身材也不同呢？」

「只留下那張鋒利的嘴？」梅曦明笑了笑，並不怎麼認真看待這個奇怪的發問，「我也不知道。」

藍思禮嘆氣道：「虧你是個花花公子，說話一點都不討人開心。」

「我只是經驗豐富，又不是感情騙子。外表大幅度改變？我沒遇到過，實在想像不出來，但是我很確定一件事，如果你性情大變，我會很失望，失望到往後根本不需要擔心會破壞我們之間的職場倫理。」

梅曦明傾過上身，手掌伸到藍思禮腰後，曖昧揉弄著飽滿的臀部，「這樣答得對嗎？可以得到獎賞嗎，還是你要踢我下床？」

他的半個身體都覆在藍思禮身上，鼻子蹭過對方的臉頰，一路來到鎖骨，意圖十分明顯。

藍思禮沒有拒絕，也沒有回應，只是躺著。

梅曦明停下動作，抬起滿是疑問的視線。

藍思禮搖了搖頭，「現在不想。」不想用這個身體做。

梅曦明有點困惑，懷裡的人看起來確實悶悶不樂，如果說是生氣，又沒有拉開彼此距離的意思。他從未見過對方這副模樣，觀察了一會兒，才確定不是欲拒還迎，是眞的意興闌珊。

「……想要起床吃早餐嗎？」

藍思禮再次搖頭。「再多躺一下。」

他雖沒提出要求，然而他的一隻手搭在梅曦明的臂膀上，擺明不想讓人走。

梅曦明哪有抗拒的能耐，「那我們就多躺一下，你喜歡躺多久都可以。」他拉起棉被，將對方裹好了，自己也躺下來。求歡遭到拒絕，失望難免，但是他勸自己不要貪心，同床共枕的親密感也極爲珍貴。

「老實說……」藍思禮忽然開口。

「嗯？」

「你不是我遇過最英俊的人……不是最富有、不是最聰明，也不是最了解我，可是我們之間最有緣分。」

藍思禮的臉有一半被瀏海遮住，一半掩在棉被下，看不見他的表情，聲音細微，像在說夢話，梅曦明只聽得清楚一些片段。

「緣分這種事好玄啊，我也是經歷過了，才不得不信。」

藍思禮直覺自己就快回到原本的身體了。

無論緣分多難得，終歸是要消散。

等他再補眠一會兒，然後在早餐桌上，他要好好向梅總道別……

起初，梅曦明只是想使用洗手間，又覺得順便沖個澡也不錯，把自己弄得香噴噴，更能取悅他的小員工。

他走進浴室的玻璃隔間，蓮蓬頭嘩啦啦灑起水，慢了好幾拍才隱約聽見奇怪的聲音。他關掉水，確認不是自己聽錯，臥室裡的確有不尋常的動靜。

拉開淋浴間的玻璃門，模糊的聲響瞬間變成了驚慌的尖叫。

梅曦明大為緊張，心中掛念小員工的安危，顧不得滿身濕漉，抓了條毛巾就衝出浴室。

「怎麼了，發生什麼事？」

幸好，屋內看似沒有凶案的痕跡，也不是他的恐怖老母駕臨。

他的小員工背對著他，正試著同時穿上衣、繫緊褲腰、擺脫棉被下床，百忙中轉頭看了他一眼，臉上的驚恐加倍，動作更快，還不幸撞到好幾次床角。

梅曦明實在看得一頭霧水，「你不要緊吧？」

「沒、沒事！我突然想起有急事，非常要緊的事！必、必須離開，馬上離開！」

「是嗎？」梅曦明強笑著，不能一起吃早餐讓他很是失望，「等我幾分鐘，我送你回去。」

「不要！」

對方忽然大叫，把梅曦明也嚇了一跳。

「我……我搭捷運、搭公車就好！」語畢，他便不再給對方挽留的機會，逃命似的飛奔出去。

梅曦明透過大開的臥室門，怔怔望著對方慌亂逃亡的背影，不一會兒聽見大門打開又關上的聲音。

那個只搭計程車的挑剔小員工要改乘大眾運輸工具？他只是沖個澡，爲什麼世界都變了？

✦

藍思禮久違地見到熟悉的吊燈，那是裝潢屋子時他親自挑的，鑲在臥室天花板，每天一睜眼就會看見燈罩的優雅銀色曲線。

他不在梅曦明的房間，也不在小記者的公寓——他回來了。

在床上坐起時，他意外發現自己沒有頭暈，精神也不錯，不像從前，起床後還要再昏沉一段時間才能眞正清醒。

他照習慣往右邊床頭櫃伸手，摸到眼鏡戴上。近視眼的生活也回來了，將來他一定會很想念那雙不需輔助也能清晰視物的眼睛。

其次，是小記者的長腿。他掀開棉被，對著變短許多的白皙雙腿嘆了口氣。

他的臥室和離開前幾乎一模一樣，甚至更加整齊清爽。

硬要說有什麼不同，就是小記者沒有睡在大床正中央，而是睡在偏右半邊，大床的另外半邊，當然是空的。

不久前，他還沒閉上眼睛的時候，梅曦明就在那裡。

藍思禮拱起腿，抱著膝蓋，側頭望著空蕩的位置，心裡竟也有點空空洞洞。

要是來得及道別就好了……

Chapter 37

循著咖啡香，藍思禮在廚房找到背對著自己的端木。

「再等一下，早餐很快就好。」端木說話時沒有回頭，理所當然把聽見的腳步聲當成是舒清和。

對了，端木還不知道他們已經交換回來！藍思禮發現這個捉弄對方的大好機會，差點發出竊笑聲。

「是嗎？早餐有我想吃的嗎？」

端木的動作停頓了一瞬，「我不知道你有特別想吃的食物。」

「傻瓜木沐，我最想吃的，不就是你嗎？」

端木終於轉過身來，手裡的果醬抹刀噹一聲敲到大理石檯面，險些掉落。

藍思禮倚著餐檯，腦袋歪傾，下巴微抬，拋給端木一個懶洋洋的微笑。他扭擺身體的角度完美重現了前年代言的香水廣告，精緻的鎖骨在敞開的寬鬆衣領裡若隱若現，散發出的性感魅力可是連續兩年把該款香水的銷售推上高峰，賣到供貨不及。

端木起先只是睜眼瞪著，而後嘴角竟慢慢浮出一抹笑，「歡迎回來，藍思禮。」

「我有這麼好認嗎？」藍思禮的笑容垮下來，失望極了。端木沐不愧是姓名都有木的傢伙，反應平淡無聊得就像一截木頭。

「看不出來你有隱瞞的意思。」端木放下抹刀，明知道屋裡沒有別人，還是伸長脖子，往廚房外張望，「小和是不是也恢復了？他在公寓嗎？」

「哦，他……的位置離這裡不遠，要說在公寓也沒錯。」藍思禮沒把話說清楚。彷彿收到召喚，藍思禮語音剛落，急促的門鈴聲便響起，響過兩聲，又響兩聲，時斷時續，光聽鈴聲就能察覺來人的慌張。

端木快步過去開門，門的另一邊站著手足無措的舒清和，頭髮很亂，眼神很慌。

「木沐！」見到可靠的熟人，舒清和雙眼一紅，差點要掉眼淚，「好可怕！我、我剛剛……」

端木露出笑容，一把將人拉進懷裡，大掌覆在對方腦後，輕輕揉了兩下。

舒清和的身體比大腦的反應更快，意識到擁抱的含意之前，身體已經放鬆。不可思議的安全感包裹住他，端木臂膀以外的世界都靜默了下來，包括自己腦中的歇斯底里。

「你……你知道了……」舒清和嘆著氣，雙手在男友背上交扣。他剛打算閉起眼享受男友的安慰，眼角餘光在端木的背後捕捉到一個人影，「啊，藍思禮！剛才、我醒來、那裡、那裡……」

舒清和抬起頭，轉過視線，看了一眼端木，又看看藍思禮，後悔自己嘴快。

今晨的總經理和藍思禮之間是怎麼回事，他根本一頭霧水，不知道該不該講，當然更無法拿捏該講多少內容。

端木的視線也跟著轉向藍思禮，後者先喝一口手裡的咖啡，才慢條斯理解釋。

「那裡，是別人的床，但是——」看到端木的臉色倏變，藍思禮忙舉起一隻手阻止對方插話，「什麼事都沒有發生，純粹過夜睡覺，我用我的金曲獎發誓。」

「他眞的很愛他的金曲獎。」端木對舒清和說。

「那、那就好。」

得到藍思禮的親口確認，以及端木的加碼保證，舒清和終於放下心來。

他還在端木的懷裡，手指抓在對方的腰側。他抬起頭，從大明星變回小記者，十公分的身高差讓兩人的距離瞬間拉得好近，延遲的衝擊此刻才眞正被他的大腦接收。

他回來了，終於是完完整整的舒清和！

端木和他互訴衷情後曾親過他、抱過他，然而眼神總是收斂著，動作總是小心翼翼，點到爲止。但是從現在開始，再也沒有顧忌了！

他的男友正帶著笑望著他，炙熱的眸光中，感情毫無保留，全都屬於他一個人。

從前眞是愚蠢，竟然擔心端木不會對自己的原貌感興趣。

舒清和的胸口彷彿有幾十隻名爲喜悅的蝴蝶振翅飛舞，讓他整個人輕飄飄暈陶陶，全靠兩隻手緊抓端木，雙腿才能好好踩著地面。

「我……我換回來了。」他輕聲細語，像在講述著祕密。

端木溫柔微笑，「嗯，你換回來了。」

藍思禮在兩人背後大翻白眼，懶得出聲知會，便逕自上樓回房，深怕自己再聽幾句幼兒情話，會忍不住開口破壞這一室的粉紅旖旎。

時間還太早，藍思禮本想在房間多睡一會兒，無奈他的腦袋不肯休息，各種念頭轉來轉去，躺著什麼也不做反而煩躁。

小記者不知道對他的生理時鐘施了什麼魔法，以前沒排工作的日子哪可能精神這麼好！

勉強掙扎十分鐘，他終於放棄回籠覺，離開寢室，轉而享受一下久違的高級音響。

聽沒兩首曲子，端木便上來找他，手裡端著早餐。

聞到食物的香味，藍思禮才發現自己餓了。

端木卻遲疑了片刻，沒有直接放下餐盤。

「沒什麼，只是想起小和每次都阻止我拿食物進來。」他笑了笑，針對藍思禮疑問的目光解釋道：「他很怕弄髒你的收藏或裝潢，認爲這裡不適合吃喝。」接下來他必須更努力提醒自己，眼前的雇主已經不是小和。

藍思禮往四周掃過一眼，所見都是書本和唱片、CD等音樂相關製品，還有昂貴的視聽設備、不利用餐的座椅設計。依小記者的性格，的確會心生顧慮。

「我從前在哪裡……」藍思禮頓了頓，自問自答，「哦，我從前不吃早餐。」他過了一陣子健康規律的小記者生活，竟然把從前的壞習慣都給忘了。

藍思禮莞爾起身，轉移陣地到起居間的沙發上。

端木把餐盤放在藍思禮肘邊的茶几上，順口問道：「麗莎下午可以過來嗎？她想討論音樂方面的工作邀約，我找藉口延期過幾次。現在你已經回來……」

藍思禮的嘴巴忙著咀嚼，只用點頭回答。

「如果你需要多等幾天也無妨。」

端木的語氣透著怪異，藍思禮用一大口咖啡把食物嚥下去，瞪著眼睛，「你有什麼話，爽爽快快吐出來吧！」

端木聳聳肩，「只是覺得你看起來不太一樣。」有那麼點魂不守舍。

「你最近太習慣小記者呆呆的模樣，當然覺得不同。」

「所以是我的問題？」

「你的問題可不小。」藍思禮靠著沙發椅背，翹起一條腿，朝端木伸出控訴的食指，「小記者呢？你就花那麼一丁點時間稀里呼嚕搞定他，然後就把人丟著不管？」

端木花了好幾秒鐘才搞懂藍思禮指的是什麼。「小和吃過早餐就離開了！」

「就分量和時間來講，的確只是一頓『早餐』。」

「小和他吃了跟你手上一模一樣的三明治，然後回自己的公寓去了。」

藍思禮睜大了雙眼，「我眞不敢相信！」

「我才不敢相信。你眞的認爲，我會選擇在工作時間，雇主甚至還在同一個屋簷下的時候，把男友拉進房間，然後……然後……」端木不是純潔害羞的小男孩，但是在藍思禮的面前，某些方面就是很難措辭。

「然後稀里呼嚕搞定對方？」藍思禮點著頭，「可以啊，爲什麼不可以？」

「普通人可沒有那種臉皮。」

沒想到藍思禮回復原狀不到一天，就已經開始讓人頭痛，端木伸手揉著額角，嘆了口氣。

「看來是我眼花，你果然沒有改變。那麼我去聯絡麗莎，請她下午過來。」他走到門邊，轉頭看著好久不見的完整雇主，「你猜得出爲什麼你們忽然換回來嗎？」

「如果要我猜，大概是產生了某種不是自己的人生就無法滿足的強烈渴望，因此不得不回來吧！」藍思禮蹙起眉頭，煩躁地調整坐姿，似乎對自己的認眞回答有些後悔，「誰知道呢？搞不好沒有任何意義，只是時間到了。」

端木並不追問下去，只是點了點頭，「還有，關於我之前和你商量過的事……」

「你想要離職的事？我記得，今天跟麗莎一起談吧！」

✦

離開大明星的生活，就像結束一次夢幻假期，儘管過程奢華享受，一生僅此一場，舒清和還是更需要回家的踏實感。

或許這就是小人物的證明吧？他知道他將來會想念那間完美的廚房，想念灑滿一室的明媚陽光，但是他不適合，也不需要明星的閃亮生活，同樣不需要端木無微不至的照顧。

備受呵護眞的很甜蜜，卻不是他想要的健康長久。他下過決心，再也不會讓珍貴的感情陷進單方面不斷付出的失衡泥淖，那是高孟璟留給他的最大收穫。

說到高孟璟，藍思禮曾告訴舒清和，他的公寓爲分手付出了一些代價。

這句話由他解讀，大概是高孟璟帶走了部分家具和家電之類的東西。雖然前男友沒有爲同居生活付過幾塊錢，不過舒清和並不介意用一點金錢損失交換一個乾淨俐落的結束。

只不過舒清和剛踏進公寓時，實在看不出家中的詳細變化，因爲屋內亂糟糟的，像颱大風時忘記關閉門窗。

沒有專業人士輔助的藍思禮原來在家事上這麼隨便，他覺得十分好笑，又遺憾不能隨手爆料。

公寓不大，外食族的藍思禮幾乎不碰廚房，環境亂得單純，收拾起來不算辛苦。舒清和在勞務中充分享受了手長腳長、體力充沛的好處。藍思禮的肌膚光滑細緻，臉蛋很美，他喜歡，也羨慕，然而要過普通老百姓的生活，還是原本的身體實用得多。

客廳整頓完畢，他的確發現幾張新面孔，分別是色調材質互相搭配的矮桌、邊桌、檯燈、單人扶手椅和一台尺寸大得驚人的高階電視。

高孟璟選擇帶走的東西可眞怪！藍思禮換新這些家具、家電，絕對所費不貲。舒清和知道對方不太可能收他的錢，自己在經濟上也不寬裕，可是要他平白受惠心中又不安，將來如何回報，實在讓人傷透腦筋。

進到臥室，裡面也是一團亂，亂的都是衣服，到處都有，數量幾乎是他離開前的兩倍。舒清和在房中撿拾、收折、分類，正好塡滿高孟璟搬離後的空位。

這些由藍思禮添購的衣物，大概半數會捐贈送人，至於剩下的部分……回想大明星在交換期間傑出的穿搭品味，舒清和不知道自己能學到多少，但是他很想嘗試看看。

身爲孝順乖兒子和勤奮好勞工，舒清和的下一步當然是打電話回老家，上網預訂下個假日的返鄉車票。然後他滑開手機通訊軟體，一個個檢視同事間的交流內容，爲明天重返職場做好準備。

不太意外地，他在好友名單當中發現梅曦明總經理。

總經理和藍思禮的對話不多，內容跟公事毫無關聯，一則則讀下來，如果遮去姓名，根本猜不到對方是上司的身分，反倒像個處在曖昧邊緣的朋友。

最新的一則訊息是在幾個鐘頭前，在他逃跑後不久。總經理傳來幾句話，問他好不好，他的緊急事件處理得是否順利，關心之情滿滿充斥在字句之間。

舒清和對自己的行爲有些懊悔，事發突然，他只顧自己害怕，沒想過總經理會有多麼困惑，甚至害對方憂心忡忡大半天。

他立刻撥電話給藍思禮，把早上離開總經理住處的過程述說一遍。

「我眞的嚇了一大跳，腦袋一片空白，什麼都沒多想，後來找到你和木沐，安心下來，又把事情全部拋到腦後了。」

「我猜得到你大概會是那樣的反應。」藍思禮的聲音很平靜。

「現在該怎麼辦？總經理傳來訊息，他很擔心你。」這回舒清和沒有立即得到回應，等待片刻，他怕線路有異狀，小心催問，「……藍思禮？」

「你還沒在我的電腦登出吧？帳號再讓我用一次，我會適當回覆他。」

「好的，麻煩你了。」

結束通話，舒清和仍然有一肚子疑問。

藍思禮宣稱他和總經理的關係只是一時的樂趣，還說擬好了計畫，保證解決問題。

那這場約會和純睡覺是怎麼回事？難道就是所謂的計畫？到底誰會用增進感情的方式來加速分手？等等，所以他們在交往嗎？

雖說一般的交往也不是這種模樣，可是他從手機訊息裡讀到的曖昧氛圍以及字裡行間的甜意又不太單純……

舒清和仔細回憶早上的混亂。他隨口說著有急事要走，總經理回應的語氣聽起來好失望……不曉得這份失望是不是雙向的？

手機螢幕跳出藍思禮用電腦傳送給總經理的新訊息，除了致歉以外，還有簡單的道別，幾句話看得舒清和心中五味雜陳。

拿回自己的人生天經地義，和上司的感情糾纏也非他所願，爲什麼他卻莫名感到內疚呢？

✦

梅曦明的約會對象驚慌地逃走了。

大半天後，他收到手機訊息。內容模糊解釋著某件必須趕緊處理的要事，對於匆促離開表示歉意，又說約會很愉快，感謝他這段時間帶來的樂趣，訊息的末端是「再見」兩個字。

整則訊息客氣生疏，幾乎不像他的嗆辣小員工。

他簡單回覆，「沒事就好。」

訊息很快顯示爲已讀，然後再無回音。

那也不奇怪，對方在手機傳訊方面向來消極，總是愛回不回，連讀取訊息所花的時間都比許多人長。

梅曦明猜測那是工作造成的反彈，平常在公事上必須隨時守著訊息，及時應答，還要頻繁打字寫報導，倦怠顯現在下班後，對辛苦工作的社會人士來說並不奇怪——如果沒有「再見」兩個字，一切都不奇怪。

按照約定，他們之間結束了，梅曦明不能再騷擾對方，可是他一點都沒有結束的實質感受，反而生出一股希望與期待。

他並不打算毀棄約定，眞的不是，他也清楚自己把計畫整個搞砸了，不僅沒有放下對方，還想抱得更緊。

可是……約定條件裡的一起吃早餐沒有被履行不是嗎？如果他抓著這一點不放，算不算無賴？如果稍微無賴能夠贏得他的小員工，值不值得呢？

他的枕上還留有對方的髮香，當時的柔聲細語，還一遍遍在他的腦海播放。

他不願意認爲他的感受只是單方面的錯覺。儘管他在感情上是個不熟練的新手，假使對方願意，他很想要試試看，他眞的……很想要探索他們之間存在的可能性。

隔天，梅曦明海外出差，再踏進公司已是一週後。

他很早就整裝出門，心跳從見到公司大樓就開始加速。他不知道舒清和人在何處，腦袋不受控制地想像起各種相遇的可能情景，心情雀躍，好幾次必須提醒自己深呼吸，避免忘形。

照慣例，他從地下停車場搭上電梯，一樓門開時，熟悉的高個子進入視野，他的一顆心幾乎要從喉嚨跳出來。他竭力抿緊嘴角，在確認對方的心意之前，絕不能做出衝著員工傻笑之類的蠢事。

舒清和也是一眼就看見總經理，眼裡閃過一瞬的驚慌，視線接著便往下盯住了地板。

梅曦明聽見一聲溫順的問候，熟悉的聲音，陌生的語氣，喊的是他聽了無數次，毫不特別的「總經理早」。

還有幾個人也跟著進來，恭敬的問候聲此起彼落，而舒清和則移動到電梯邊緣，仰頭看著樓層數字。

梅曦明的目光全程追著他，嘴唇仍舊緊緊抿著，原因卻截然不同了。

小員工看上去是同一個人，卻又壓根不像同一個人。梅曦明知道自己的感受很荒謬，但是他的心跳不再激烈，火花熄滅，一切都不對了。

到了八樓，舒清和走出電梯，消失在門後。

梅曦明沒有追出去，沒有感到依依不捨，甚至忘記多看幾眼他開過多次玩笑的完美臀部。

他在總經理辦公室所在的樓層一個人離開電梯，已經忘記今天出門時的高昂情緒是什麼感覺。

原來，他沒有搞砸計畫，他成功了，他的熱情在漸入佳境之後就消散了。

原來，他眞的是個只圖新鮮的人渣，他對自己感到好失望。

Chapter 38

舒清和走出電梯，懸著的一顆心總算回到了原位。

總經理沒有任何不當舉止，藍思禮眞的如他所保證，妥善做了處理，自己竟然心存懷疑，現在想想，總覺得有點難爲情。

至今，他回到《盜火人》已經一週。

頭一天，他用外送平台叫了有名的小吃和飲料給辦公室全體同仁，爲過去幾個月的火爆脾氣向大家賠罪，並保證自己一定「痛改前非」，恢復正常。

同仁們的反應出乎意料地寬容溫馨。

「混這一行正常啦！當年我才來三個月就抓狂了。」

「遲來的叛逆期，我覺得很有趣，你不必全部都改回去喔！」

「只要你持續逮到獨家消息，搞定難纏藝人，交出高水準文章，我就准許你叫我小伍。」

最後一個反應來自伍總編，舒清和可不想要這樣的特權，但是其他同事提到的不必全改回去，他的確有所感觸。

舉例來說，同僚當中有個大他幾年的前輩，臉皮甚厚，老愛占人便宜，分內的工作也會硬拗性格較軟的同事代勞，而他就是那個性格最軟的同事。

然而，自他歸來，該前輩別說扔給他額外的負擔，連接近他都不敢，始終客客氣氣，保持著安全距離。

看來對方是踢到了藍思禮這塊鐵板，吃過苦頭。

舒清和有自知之明，他永遠不可能像藍思禮一樣強勢，不過他決定往後要強迫自己多表現一點骨氣——託藍思禮的福改善過的人生，可不能浪費。

另一件好事是藍思禮的專訪也順利交稿通過，收獲不少稱讚，伍總編甚至說出「只刊登在八卦雜誌太可惜」這樣的評語，還認爲他更適合其他類別的刊物。

萬萬不可旗下的確有多本刊物，老實說全都比追蹤娛樂八卦的《盜火人》適合舒清和。從前他不敢妄想，現在增加了自信，轉換工作單位的念頭首度在他的腦中悄悄萌芽。

至於柯誠勤的案子，他們的努力終於得到收穫，某位因受害而退隱數年的藝人願意在報導裡公開自身遭遇。對方還送上大禮，交給他們好幾個錄音檔案，檔案裡有電話交談、語音留言，都是當年柯誠勤一黨的騷擾證明。

憑私人力量能夠蒐集到的有效資料，至此算是齊全了舒清和拿出全副本事，寫成了兼顧事實與《盜火人》娛樂需求的詳盡報導，為他的記者天職、為彌補過錯，也為了回應信任他的每一個人。

得到上級的同意，舒清和同時也把資料交給在傳統媒體工作的學長。兩份報導先後問世，《盜火人》惹起好奇，後者的公信力則引來各界的重視。

二十四小時之內，柯誠勤一伙的醜聞便登上電視新聞，送到每一戶人家的客廳裡；不到半個月，也送進檢調單位的手裡。

無論司法調查最後得出什麼結果，電視台的聲譽已嚴重受損，為首的柯誠勤在壓力下主動請辭，整個派系都受牽連。電視台一夕改朝換代，效應有如野火，燒遍整個圈子。

最令舒清和欣慰的部分，是丁路亞終於坦白與羅製作的真正關聯，並公開譴責經紀公司的拉皮條行為。

同公司的藝人陸續加入丁路亞的陣營，雙方陷入合約糾紛，即將對簿公堂。還好也有數間老練的法律事務所為博名聲參戰協助，暫時似乎不需要擔心。

他和藍思禮對丁路亞的虧欠，總算還清了。

「他的瘋狂粉絲來找碴的時候就已經還清了好嗎？」藍思禮可一點都不同意，「那些混蛋以後再敢來亂，我可不會跟他們客氣！」

藍思禮正在爬樓梯，舒清和走在他的前面，領頭的是端木。儘管對於能夠流暢說話不喘氣感到滿意，藍思禮仍然厭惡無謂的體力支出。

「喂，木沐，你幹嘛搬到這種沒電梯的鬼地方，有人少給你薪水嗎？」

「才三樓而已。」端木頭也不回，持續用他的大長腿拉開距離。

舒清和在中間緩頰道：「爬樓梯雖然比較累，但是公寓很寬敞，交通位置便利，租金也合理，等你看到就會喜歡了。」

藍思禮才不想要喜歡這種公寓咧！「所謂的便利只是和你住得近吧！」

被藍思禮說中了，舒清和不好意思地笑笑。可是他沒亂講，這附近有超市、公園，此外還餐館林立，外食選擇多樣又便宜，眞的很便利！

一進公寓，藍思禮就倒在最大張舒適的沙發裡不動了。

端木和舒清和又各走一趟，才把家當全部搬上來。

搬到新住處的端木已經不再是藍思禮的保鑣兼助理。一切都肇因於萬歷總裁不滿意市面上任何一家保全公司提供的服務，決定建立自家的保全團隊，專司家人與集團要員的人身安全。

Chris一發現老闆的心思，便立刻推薦端木沐。

端木的背景無可挑剔，加上Chris擔保表弟離開警隊的原因與人品或才能都無關聯。總裁於是開出極其誘人的條件，親自面試端木。

面試的結果，雙方都相當滿意。

後來端木便搬離藍思禮的屋子，換了工作，正式上任後將會負責總裁二哥家的少爺與小姐們。

舒清和知道端木轉職的一部分原因與自己有關。在交換期間，他以藍思禮的模樣和端木創造出的每一份美好回憶，換回來之後全都變爲端木與藍思禮本尊相處的障礙，兩人當然難以繼續共事、共住。

舒清和歉疚難免，然而過去無法改變，藝人助理終究不能幹一輩子，端木只是稍微早一點離開，不算任何人的錯。

他一遍遍說服自己，到今天已經釋懷，其中，男友搖身變爲富豪保鑣，西裝畢挺的帥氣度也提供了不小的幫助。每次偶然看見，都叫他心花怒放，滿臉的崇拜和愛慕遮都遮掩不住。

「難道木沐沒有當你的保鑣好幾個月嗎？現在才興奮激動是什麼意思？」藍思禮曾經對小記者的差別待遇大表不滿。

「以、以前的木沐比較像管家嘛！」

舒清和不敢大聲說出來，但是他猜測藍思禮或許感覺寂寞，還不能適應端木的離開。

不過，總要脫離了僱傭關係才能眞正成爲朋友。

藍思禮興致勃勃跟來搬家，即使從頭到尾空著雙手在一旁純觀賞，舒清和也認爲這是個好現象。

當他正為藍思禮進行新居導覽時，樓下門鈴忽然大響。

「我的喬遷賀禮運到了。」藍思禮興高采烈地宣布。

端木從後陽台走進來，聽見藍思禮送來需要搬運的賀禮，表面上顯得驚訝，肚子裡滿是懷疑。

「這是租來的房子，不需要費心送禮。」大明星對搬家興致高昂，堅持要跟，果然不是單純來玩。

「誰規定的？只要我高興送，每次租約更新都可以送。」

藍思禮不等許可，逕自打開樓下大門。

沉重的腳步聲首先傳上來，然後是在三樓門口轉了好幾次角度，才千辛萬苦進屋的整組豪華加大雙人床架及床墊。

端木看得目瞪口呆，這份賀禮無論在意義上、價值上或物理上都巨大得超出預料，害他的推辭話語卡在喉嚨。

藍思禮趁機擺出屋主架勢，指揮若定，轉眼新床組就位，舊床組回收。

端木回過神，正要表示意見，舒清和卻搶先一步。

「哇，這個牌子的床墊我躺過，非常好睡喔！」他很為端木高興，一時忘情，撲上床去，被床墊穩穩支撐住，果然是記憶中那份安穩與舒適。

藍思禮朝端木歪起一邊的嘴角，「男朋友很喜歡喔！」

「我收下了，謝謝。」

舒清和這才驚覺自己的行爲恐怕不太得體，窘得滿臉發紅，熱氣直竄腦門。他爲男友可以擁有高品質的睡眠感到開心，倒忘了床鋪還有其他功用。

他立刻跳下床，囁嚅著，「我……我去整理廚房用具……」

整理廚房所需要的時間大概就三分鐘。端木不擅料理，沒帶什麼廚房用具過來，反倒是舒清和捐贈的鍋碗瓢盆的數量要多一點。

藍思禮也悠悠晃來了廚房。

「你的公寓明明夠住兩個人，爲什麼你們要各自租屋，弄得這麼麻煩？」

舒清和先是微微一笑，幾個知道他要幫新男友搬家的親近友人都提過類似的疑問，他的回答都是簡單幾個字——還太早。

「起初，我的確想邀木沐一起住，可是你也知道，我上次倉卒搞同居的下場不怎麼理想。」

豈止不理想，藍思禮心中有更多更貼切的惡毒言語可以形容。

「我可能是太害怕寂寞，每次經營感情都急著進階、急著想要有個人陪在身邊，最後失去自我，關係也跟著搞砸。這次我學到教訓了，要先改掉精神上的依賴習性，等到我一個人也能過得很好，兩個人的生活才會更好，木沐也支持我的想法。我……

我認爲，談感情不光要用心，還要用腦、用理智，所有派得上用場的都不該忽略。

「最重要的是用你的屁股，不要忘記。」

「突、突然說什麼啦！」

舒清和驚得臉皮又要轉紅，他從寢室逃出來就是要躲避這一類的困窘，哪料得到藍思禮比當事人更積極。

提到屁股，難免想起對美臀頗爲執著的某人，舒清和小心翼翼開口，「之前……工作群組的內容我都看過了，包括總經理在內。雖然他傳來的訊息和工作沒有什麼關聯，你……你們……」他實在不曉得該怎麼問下去。

「他有騷擾你嗎？」

舒清和搖頭，「在公司幾乎沒有互動，跟從前差不多。」

「那樣不是很好嗎？他信守承諾，你的職場生活沒有受到干擾。」

「對我來說很好，那你呢？」

藍思禮聳聳肩，心不在焉地把幾個杯子從這一邊移到那一邊，「我們是彼此的過客，說拋下就能拋下，你不必瞎操心。梅曦明向來遊戲人間，多半已經找到新歡。」

「總經理沒有找到新歡喔！我聽同事說，最近在吃喝玩樂的社交場合上都看不到總經理。」

藍思禮停下把玩杯子的手，抬起眼來，神色複雜難解，舒清和無法完全讀懂。

「說不定有個溫柔乖巧的另一半在等著，他決定收心結婚。」端木不知何時也加入他們的對話。

藍思禮朝他怒目而視，「他對溫柔乖巧的對象才沒興趣。」

「他不是豪門子弟嗎？那些人選擇結婚對象跟喜好沒有必然的關聯吧！」端木又說。

藍思禮臉上烏雲密布，眼看要閃電打雷，舒清和連忙介入，這類的工作他近來越做越順。

「木沐是在開玩笑！總經理如果要結婚，編輯部一定會知道。」說著覷了男友一眼，後者的得意笑容紋風不動。

舒清和已經向端木坦白全部總經理和藍思禮的糾葛。端木聽聞後的反應很平靜，他能夠體諒交換時期的情況特殊，沒有表現出不悅，沒有責怪任何人——但不代表他不在意。

在那之後，端木抓到機會就要說幾句話刺激藍思禮，以對方的反應爲樂，算是小小的報復。

藍思禮指控端木心胸狹窄，舒清和卻覺得男友的醋意好可愛。

當天第二次響起的門鈴送來的是麗莎。

「哈囉！我來接藍思禮。」麗莎把一株巴掌大的綠色盆栽，連同手裡的紙盒一起交給端木，「這是療癒的綠色伙伴和你家男友推薦的點心，恭喜你搬新家。」

端木微笑道謝，「謝謝，不好意思還讓妳破費。」合乎常識的簡單小禮物，他收下時是真的滿懷感激。

舒清和往紙盒裡張望，看見多種口味的切片蛋糕組合。

「妳之前吃過這家嗎？喜不喜歡？」

「當然是喜歡才買的呀！聽你推薦之後，光這個月在辦公室就吃過三次，大家都上癮了。」

品味得到肯定，舒清和十分開心，「我來泡咖啡，你們可以多待一會兒嗎？」

麗莎快速瞄了藍思禮一眼，對方正聚精會神細讀盆栽附的照顧指示，並沒有急著要走的意思。

「當然可以。說真的，你確定不要轉職去美食雜誌嗎？你推薦的店家都很優秀耶！」

舒清和只是笑笑，「我還知道一家非常好吃的地瓜球攤，妳感興趣嗎？」

麗莎瞬間饞涎欲滴，雙眼都快變成地瓜球的模樣。

怎麼不感興趣？地瓜球可是她最愛的小吃！她雖然曾在藍思禮和端木的面前隨口提過，但是那兩個傢伙不可能記得無關緊要的食物閒聊，更別提刻意轉達給別人知道，難道眼前這人會通靈不成？

麗莎對這位藍思禮的記者朋友認識尚淺。一開始是爲了專訪，兩人有過數次聯繫，都是透過電話或電子郵件，初次見面則是不久前在藍思禮的屋子，由端木介紹，她才知道對方竟是端木的男友。

這個能夠同時和藍思禮、端木沐融洽相處的厲害角色，他的稀有可貴最終戰勝了麗莎對八卦記者的顧忌，兩人在實際相處不久後便熱絡起來。

「感興趣啊，我當然感興趣！快點把好吃地瓜球的地址交出來！」麗莎興奮地追進廚房，王牌經紀人已經徹底被八卦記者的庶民美食雷達收服了。

Chapter 39

度過喝咖啡吃點心的愉快半小時，麗莎偕同藍思禮離開，屋裡終於只剩舒清和與他的男友。

端木一個人住，東西不多，公寓在出租前也被打掃過，舒清和很快就沒什麼能幫忙的地方。於是他坐在寢室的單人扶手椅，靜靜旁觀男友整理衣櫥。

儘管最近天氣明顯轉冷，卻影響不到端木。這位前特警依舊穿著短袖，單薄的布料下，寬肩闊背的健美線條一覽無遺，還有那雙大長腿！臀部雖比舒清和的窄小些，但也是緊實好看，讓人手指發癢。

至於端木的相貌，剛硬的線條或許搭不上現在流行的美男子潮流，初時還讓舒清和心生畏懼，後來反而越看越覺得帥氣喜歡。尤其當端木的表情柔軟下來，露出專屬於男友的親暱微笑時，舒清和的整顆心都要融成一灘糖水。

自他重返人生，恰巧兩人都忙。端木忙交接、忙新工作、忙搬遷；他自己則要忙柯誠勤醜聞的後續追蹤，加上例行的常規工作，也少有空閒時間。

情侶之間的見面還是有，就是騰不出一整天的相處機會，當然也沒有……沒有……

舒清和的視線鬼鬼祟祟瞥往藍思禮贈送的喬遷禮物，床墊已經套上嶄新床罩，是沉靜的深藍色。

端木做事非常講究正確的時間與地點，甚至在乎氣氛，不知道在床上會是怎樣的性格？是強勢，還是溫柔？或是跟他的處世態度同樣一絲不苟，充滿許多規則？

舒清和可以確定的是，端木的體能一定非常出色，幸好自己從未怠忽鍛練，應該能夠跟得上。

和諧的性生活是感情成功的一大關鍵呢！他也想要好好取悅他的男友。

舒清和太專心想像未來的性生活，晚了幾拍才注意到衣櫥門已關起，行李箱及旅行袋都被清空收妥，不在視線範圍內。

端木倚著壁櫥，正在看他。

「你收拾好了？」舒清和對男友縱情笑著。

現在的他已經沒那麼容易因爲端木的目光而緊張蠕動，甚至開始享受起那份全心全意的關注。

端木點點頭，「謝謝你今天的幫忙。」

「餓嗎？要叫東西來吃嗎，還是你想出去吃？」

舒清和起身，準備離開寢室，端木卻動也沒動，有點奇怪。

「晚上藍思禮要進棚，新助理還需要幫忙。我想先和你吃飯，然後過去一趟，會忙到幾點目前並不知道……」端木頓了頓，補上一句，「這是我原先的打算。」

他的眼神忽地起了變化，溫柔中添了一抹焦渴，舒清和不認爲那是肚子太餓的意思。

「我想過無數次，關於我們的第一次。」

他們已經出去吃過好幾次飯，所以端木一定不是在說吃飯的事吧？舒清和的心跳怦然加速。

「我不希望有時間限制，我想要一整夜，最好再加上一整天。」端木的目光愈發灼熱，聲線也不再平穩，「然而，現在只是多看你幾眼，我一分鐘都不想多等了。」

舒清和鼓起發熱的臉頰，爲男友的一番表白滿心歡喜，同時又覺得責任不該落在自己身上。

「我……我又沒做什麼……」

明明是端木在強力放電，不單是眼睛，還用帶著磁性的低沉嗓音擾亂他的心緒，連收納衣服的動作都像在展現性感，怎麼還怪別人破壞計畫？

端木盯著男友圓鼓可愛的臉頰好一會兒，然後轉開了視線。

「我需要先出門一趟，這裡沒有……適當的用品。」他的頰邊也染了一抹暗紅，爲了準備不夠周到而羞愧發窘。

舒清和猶豫片刻，慢慢從背後取出一個有蝴蝶結裝飾的粉紅紙袋，「藍思禮臨走前塞給我的。」

端木打開紙袋，裡頭不出所料是一管潤滑劑和一盒保險套，「那個傢伙比當事人還積極是什麼意思？」

他再細看保險套的包裝，一時又驚又疑……藍思禮是眞的看過他的尺寸，還是猜得太準？

「我覺得藍思禮是在表達他自己也未必意識到的歉意，你知道的，就是在交換期間，他和總經理的事。如果我們的性……生活美滿，代表他沒有造成損害，就能安心了。」

「你是在說，藍思禮也會良心不安？」

「當然會，他只是表達的方式比較隱晦低調，不容易察覺到。」

端木隨手放下紙袋，朝男友彎起嘴角，「每個人在你口中都是一個更好的版本，眞不曉得你是怎麼做到的。」

端木又用那種眼神望過來，彷彿自己是什麼珍貴寶物。

「所、所以……我們不單爲了自己，也要爲了藍思禮，好好努力！」

端木微愕，隨即笑出聲來。舒清和這才意識到自己都說了什麼。

「噢，我說錯話了……」爲了藍思禮好好努力上床，他聽了都覺得敗興。

端木搖搖頭，靠近一步，微笑著牽起舒清和的手。

舒清和的心跳猛然加速，滿心以爲男友終於要領他走向床鋪，端木的視線卻往房門的方向瞥去。

「你介意我們去你的住處嗎？」

「我的住處？」

「我不是排斥藍思禮的好意，只是……」端木飄開目光，原本頰邊的暗紅擴散到了耳尖，「我和他今晚還要見面，他百分之百會問起，到時候一看我的表情，他就什麼都知道了。」說到後來，端木竟顯得有些懊惱。

藍思禮計謀得逞後那洋洋得意的模樣，許多人都受不了，舒清和是知道的。但是在舒清和認識的人當中，端木是數一數二的成熟穩重，沒想到他也有這麼固執傻氣的一面。

「你和藍思禮的友情好彆扭。」也好可愛。舒清和忍不住下了結論。

端木像被冤枉了什麼罪名，立即正色澄清，「這次你解讀錯了，我和他之間沒有那種東西。」

一看端木的表情就知道了，他言不由衷！舒清和嘻嘻偷笑，遇上男友疑惑的目光，又趕緊別開臉，佯裝無事。

兩人住得近就是有好處，兩人到舒清和家的路程只花了十來分鐘。

舒清和從來沒以這麼興奮又焦慮的心情踏進家門過。

他非常歡迎端木造訪，甚至可說迫不及待想介紹自己的一切給對方，他想當個最周到的主人，讓男友感到賓至如歸，願意以後經常來。

可是他忽然意識到沒事先做好準備，就這樣帶著人來了……客廳碰巧在昨天清掃整理過，他還算有信心，臥室他可沒什麼把握。

「你、你在客廳等一下。」

「保證一步都不亂動。」端木就近坐下來，笑看男友慌慌張張奔進房間。

他很想阻止男友特地爲他整理收拾。他們同居數月，以他的認識，舒清和生活的環境中哪可能有什麼嚴重的髒亂，不過他也願意答應任何事來緩解對方的緊張焦慮。

臥室裡，舒清和衝來衝去，恨不能多長幾條手臂，同時完成所有的事。

他快速梭巡整片地板，撿起兩根頭髮，接著把床上的一本書、一件衣服分別掛起收好。

儘管馬上就要弄亂，他還是費心重鋪了床。寢具是淺綠色，印著花草圖案，不如端木的那組素雅沉穩。

他站在床尾，擔心了兩秒端木會不會嫌棄，又用力甩頭，拋開無謂的煩惱。然後他拉開床頭櫃抽屜，準備把雜物都掃進去時，動作忽然停頓下來。

抽屜裡放著之前跟高孟璟用過的潤滑劑和保險套，都還剩一半以上。在騎車過來的途中，他已經和端木買了新品，當然不想再用舊物。但是要直接扔進垃圾桶，又覺得浪費，大違他的惜物本性。

他為難了一陣，最後匆匆把東西移到浴室鏡櫃，留待之後煩惱，床頭抽屜則改放新品。

關上抽屜前，舒清和對著那兩個小紙盒傻傻微笑，那是端木牽著他的手一起挑的。他從來沒有過這樣的經歷，結帳時臉燙得快要能煎蛋，卻也欣喜得嘴角全程上揚。

他一向喜歡這一類的小細節，只是以前哪敢要求。

有那麼一段期間，性愛對舒清和來說壓力大於享受，現在的他卻喜孜孜地在準備、在期待著。

他和端木不過相處數月，成為男友數週，時間還那麼短。他眞不知道從前的自己都在為了什麼忍耐，簡直呆蠢得要命，當時藍思禮的評論該要說得再狠一點才好！

再三確認沒什麼地方可以整理，舒清和深吸一口氣，心臟怦怦亂跳，然後打開門，對著端木一笑。

本來他想倚著門框，擺個撩人性感的姿態，說著「我準備好了，你可以進來了」

之類的曖昧雙關語。無奈他就是沒那份能耐，只會舌頭打結。

端木安靜地踏進臥室，沒有多看環境幾眼，視線始終放在男友身上。

舒清和回視對方，笑容和臉頰的紅暈都加深了。

兩人目光繾綣間，是舒清和先開了口。

「如果時間還夠，我可以先快速沖個澡嗎？」天氣已經轉涼，他今天沒出什麼汗，可是搬運打掃的過程難免會沾到灰塵髒汙。

「好。」端木說著脫下短袖上衣，露出精壯的上半身。

舒清和瞪大了雙眼，霎時忘記自己本來準備做什麼。

端木的動作也是一滯，神色相當尷尬，「我以爲、以爲那是邀請，是我誤解了嗎？」

「沒有！」舒清和忙說：「沒有誤解！一起洗很好，省時間很好，我只是太……太驚喜。」

儘管最後兩個字說得氣弱，端木仍然聽見了，他的表情轉憂爲喜，露出一口白牙。

端木繼續寬衣解帶，舒清和下意識別開臉，隨即記起自己的身分已經不同，又慢慢轉回來。

這次他再看，目光便難以移開。

他們之間的距離不遠，端木緩緩走近，在身後地板一路留下脫除的衣物。

舒清和的視線先在精實的裸胸和線條分明的腹肌貪婪停留，再往下掃過強壯的大腿，不小心……真的是不小心瞥向雙腿之間……原來端木的器官尺寸和體格是成正比的啊！

舒清和全身一熱，連忙抬起視線。此時端木已經來到面前，他的體態完美、笑容溫柔，還摻著強烈的自信。

他自己的身材也練得很好，就是養不出那股氣勢，看得既欣羨又陶醉，此刻只能紅著臉，像個沒經驗的少年，雙手不知道如何安放。

端木伸出手，指腹滑過男友的臉頰和頸子，來到襯衫領口，「需要幫忙嗎？」

舒清和呆呆點頭，自己看得太入神，一顆鈕釦都未解，根本沒省到半點時間。

沖澡的目的是讓身體乾乾淨淨，是為了香噴噴上床，沒有其他意圖，舒清和一直謹記著。

後來是哪個步驟出錯，他實在無法確定。

或許他們不應該一邊脫衣一邊隨意親吻，可是他好喜歡和端木接吻，端木的吻熱烈又專注，一雙手還會伸到他的頰邊，輕輕愛撫他的耳朵，那感覺美妙極了。

或許他應該想辦法靠自己站穩，而不是半倚著端木，雙手順勢在對方身上摸了個遍。

或許他不該讓端木幫他的背部塗抹沐浴乳，還一路抹到胸前，手指帶著綿密泡沫揉過敏感的乳尖。那些他沒忍住的呻吟，每一聲都像在鼓勵端木。

或許他該更誠實點承認，打一開始同意端木幫忙脫衣服，還被對方用無尾熊式抱法抱進浴室，他們就注定不可能單純沖個澡了事。

所以他們才會像現在這樣，舒清和被壓靠在磁磚牆面上，股間穴口吞吐著兩根粗長手指。

端木的動作十分小心，但目的明確，指腹試探、搔弄著緊熱的肉壁，一點一點擴張男友的身體。

蓮蓬頭的水柱從旁噴灑，玻璃隔間裡白霧瀰漫，滿滿的沐浴乳芬芳，水聲也蓋不過喘息。他們的身體相貼，吻得難分難捨，老早就硬起來的兩具陽物頂著彼此的下腹，抖顫著泌出幾滴前液。

「木沐……」舒清和輕聲喘著，腰肢擺動，想往前摩擦性器，又想向後讓手指更加深入。

「要我停下來嗎，到床上再繼續？」

舒清和搖著頭，「鏡櫃……在鏡櫃有……有……」

他始終沒完成句子，好在端木聽得懂，推開了淋浴間的玻璃門，探手就搆到鏡櫃，拿到必需品。

玻璃門開啓關閉之間，部分熱氣散出去，一小股較冷的空氣流進來。舒清和的腦袋清醒了幾分，看見男友手裡的熟悉包裝，往日的記憶掠過，焦慮瞬間壓過興奮。

「我想先說，我……我很普通，在……呃，性方面。其實，我任何方面都很普通。」

端木停下動作，驚訝地望著男友。

舒清和卻不敢接觸對方的目光，「以前，我的……前男友的批評更難聽一點，我現在知道他的話不能盡信，只是、只是……」

「只是你需要時間重建自信。」端木幫他把話接了下去。

舒清和略爲艱難地點了點頭，「如果你覺得失望，我希望你可以再給我機會——」

「噓，別那麼說。」

端木湊近，用吻截斷男友的焦慮。

略略分開時，舒清和已經冷靜了不少。

「你對我來說就是最特別的，我不可能感到失望。」

舒清和的緊張還沒褪去，同時又爲端木的話語害羞起來，垂下視線，咬住了嘴唇。

「你連緊張的時候也很可愛。」端木輕捏他的下巴，抬起他的臉，又一次吻他。

這一次端木吻得很深，彷彿要把滿腔難以訴諸言語的情感都傾注在內。

直到呼吸不順，四片唇瓣才終於分開。

「坦白說，我也擔心你失望。」

「才不會！」舒清和急忙道。

端木微笑望著他，「你眞是可愛得不得了。我很喜歡你臉紅的樣子，也喜歡你的聲音，還有眼睛，特別是眼睛。」他的指腹在舒清和的眉梢處輕輕摩娑，「我從沒見過這麼漂亮的眼睛。」

端木就這樣不斷說著，幾乎整個前戲都沒停下來。

除了小時候，舒清和不記得自己何時曾被這樣連續誇獎過。端木的詞藻並不豐富華麗，卻每字每句都讓他甜到心慌，口中發出各種亂七八糟的聲音。

不寬敞的淋浴間裡，兩個成年男人面對面做什麼都有難度。

端木抱起舒清和的臀部，將人往牆面抬。

舒清和背脊貼著已經變得溫熱的磁磚，被性器插入時雙腿幾乎懸空，身體重量大半靠對方支撐。他輕聲呻吟，身軀沉下時，男人的性器也一寸寸深入，多餘的潤滑劑沿著腿根流下來，閃著晶亮亮的水光。

已經不能更深入了，端木停下來，謹愼觀察男友的反應，「還好嗎？」

舒清和摟緊了他，自然而然回答，「嗯，很舒服……很喜歡……」

端木綻開笑容，眸中的光彩讓舒清和一時看得癡了。

只是簡單說出眞心話，就能取悅對方，舒清和感到不可思議，胸口溢滿難以言喻的情緒，享受到的是肉體的歡愉，也是心靈上的滿足。他不曉得怎麼表達，便歪過頭去吻端木，一動牽連到兩人結合的部位，又無法自制地洩出呻吟。

「可以叫我的名字嗎？我喜歡聽你的聲音。」

「木……木沐……」舒清和依照要求，斷斷續續地喚著對方的名字。

端木應和般開始在他的體內加速衝撞，他叫得愈發激烈，根本停不下來。

端木依然不忘他的癖好，嘴唇貼到男友的耳邊，用微啞的沉聲說著對方的各種好處。

到後來，字句變得模糊不清，舒清和隱約聽見自己的名字不斷重覆，又不敢確定。因爲從來沒人這樣叫他，既情色又飽含愛意，傳進耳裡，刺激著下腹，反應越來越火熱強烈

在舒清和伸手碰觸自己之前，高潮先一步到來。

他的後腦抵著牆面，眼睛緊閉，在端木的懷抱裡，被洶湧的快感淹沒，久久才睜開泛著水氣的迷濛雙眼，嘴角慢慢彎起一抹笑。

端木的釋放緊追在舒清和之後，他緊緊抱住對方，結束之後也沒有鬆手，只是將人慢慢放下地。

量。

舒清和覺得自己腳下軟綿綿的，不像磁磚地，身體也變得輕飄飄，彷彿毫無重量。

他們倚著淋浴間的牆壁相擁，感覺著彼此的胸膛起伏。

蓮蓬頭的水聲還在持續，逐漸壓過了喘息聲。

兩人靜靜依偎著一會兒，舒清和忽然笑了出來。

端木抬起疑問的視線，舒清和笑著解釋，「你買的那些，還有藍思禮買的，包括床墊，結果統統都沒用到，我們到底是爲了什麼特地跑來這裡？」

端木一想，兩人的多此一舉的確荒謬好笑。他在舒清和的頰邊親了一口，也笑起來，「全都要怪你。」

看了端木一眼，舒清和把差點脫口而出的「爲什麼」又嚥回去。他可以約略猜到，端木是在稱讚他的影響力，而他的自信不足，還不能坦然接受端木的讚美。

但是有一天他會的，而且那一天並不會太遠。

Chapter 40

晚上端木抵達電視台門口時，剛好遇見藍思禮從座車出來，新助理緊跟在後，手裡大包小包，有點狼狽。

不出端木所料，藍思禮一見到他，劈頭就問：「新床墊用起來怎麼樣？」嘴邊還帶著得意奸笑，一點都不在乎電視台附近是否有粉絲出沒。

端木幫忙兩人開門，分擔了新助理手上的雜物，在對方道謝時回以微笑，然後才慢條斯理回覆，「這是赤裸裸的性騷擾。」

藍思禮對端木的那份從容產生了疑心，瞇眼瞅著對方好一會兒，恍然大悟，「你們沒有使用新床墊！」

端木笑了笑，並不作聲，他看起來神清氣爽，容光煥發，藍思禮願意賭上自己的金曲獎，這傢伙不可能沒做！絕對不可能！

「不然是餐桌嗎？沙發還是廚房地板？」藍思禮一拍雙手，「啊，我知道了，是刺激的後陽台！」

「刺、刺激？不……我不會向你透漏任何事。」

「不喜歡刺激？還是我猜得不夠刺激？」藍思禮不放棄地追擊，「難道你們不在屋裡……或是不在你的屋裡？那該去什麼地方好呢？小記者不是沒事亂花錢的性格，飯店可以排除，那樣就剩下——」

「你不要再猜了！」再猜就要猜到了！端木壓低了聲音，「這裡耳目眾多，不適合談論隱私。」

「又不是我的隱私，再說，我感興趣的是你的反應，不是隱私。如果談論天氣可以讓你尷尬臉紅，我也很願意聊聊今天的溫濕度啊！」

「藍思禮，有病要治。」

這傢伙就是個愛胡鬧的好事之徒，才不是單純關心他們的幸福，他眞該把剛才的對話錄下來給小和聽一聽！端木正暗自懊悔，眼角忽然瞥見不遠處的動靜，他稍微抬高了視線，望向藍思禮的背後。

「總經理來了。」

藍思禮的身體反應比大腦還快，一下子露出喜色，迫不及待轉過身，卻是一名略有福態的中年人從電梯出來。不是心中期待的那抹瀟灑身影，是新上任的電視台總經理。

藍思禮的臉色很快垮下來，來不及掩飾的失望，當然全都被端木看在眼裡。

「你如果很想念那個人，爲什麼不乾脆去見他一面？」

端木沒有指名道姓，藍思禮也沒有確認的必要，他們都很清楚端木口中的「那個人」是誰。

「見個一面、兩面的有什麼意思？我想要的……」藍思禮停頓下來，幾次呼吸後才說：「我想要的，會惹來災難，還有一大堆麻煩。」

「你也可能同時獲得快樂。」

藍思禮嗤了一聲，「快樂和災難的比例是多少？值得嗎？」

「不知道，但是照現在的狀況，如果你什麼都不做，我很確定災難和快樂都會是零。」

藍思禮沒有回話，他緊緊閉上嘴，除了錄影時的訪談和演唱，一整晚半句閒話都不願說。

那也是端木最後一次親赴藍思禮的工作現場。新助理上手之後，他便全心投入萬歷張家的安全工作當中，只和麗莎偶爾互通消息。

據對方說，藍思禮從他遷入新居當晚就進入了創作期，閉關在家，會有好一段時間不跟外界聯絡。

端木不是對社交特別熱絡的性格，便暫時和藍思禮斷了聯繫。

✦

大家各自忙碌，時間也過得飛快，一轉眼，忽然就到了年底。

門鈴響起的時間和舒清和預期的差不多，他將爐火轉小，擦淨雙手，幾步趕過去應門。

門外是剛結束工作的男友端木沐，還有一把他沒預期到的向日葵花束。

舒清和睜大雙眼，怔怔接過花束，亮黃色花朵開得燦爛，像一小片陽光握在手裡。

「好漂亮……怎麼突然送我花？」他連忙又補充，「好奇而已，沒有其他意思。」

「不小心被萬歷的孫少爺、小姐發現這兩天的假期安排，他們不信任我談戀愛的能力，堅持要我帶花來討你的歡心。」端木頓了頓，面露微笑，「有效嗎？你喜歡嗎？」

舒清和雙手抱住花束，笑著點頭，「當然喜歡。不過你以後不要常買，太破費了。」

「不是特殊節日，不貴。」

端木跟在舒清和身後進了屋，關上門，身體在溫暖的室內逐漸放鬆下來。儘管抵禦寒冷的能力卓越超群，但這可不代表他喜歡低溫和寒風。

他換上拖鞋，掛好外套，簡單洗過手臉，再從浴室出來時，舒清和已經把插了鮮花的玻璃瓶安置在桌上，正從各種角度欣賞。

男友看花，端木從後方看著男友，男友眉開眼笑，好心情也感染到他。雖然感覺荒謬，不過偶爾採納小學生少爺的約會建議好像也不壞。

「你先坐著等一下，晚餐很快就好。」

「又不是客人，也讓我幫忙吧！」端木挽起袖子，也走到爐台邊。

端木要求協助廚房工作至今已有許多次。起先，舒清和總是客氣推辭，說著自己一個人就好。可是對方非常堅定，怎麼樣都趕不走，於是他又度過一段連做菜都很緊張的日子。

到了最近幾次他才終於習慣，不僅能自在享受分工料理的樂趣，端木的廚藝也有顯著的進步。

舒清和身爲男友兼老師，心中實在驕傲。

「工作順利嗎？和新的編輯部同事處得好嗎？」端木問道。

舒清和點點頭，「今天的工作都在攝影棚，拍封面和特別企畫。我負責撰寫拍攝花絮，篇幅雖然不大，不過文章和側拍照片都是我一個人完成的喔！」

舒清和鼓起勇氣申請的職務調動，終於在上個月實現，他離開了《盜火人》，現在是同公司另一本雜誌的編輯小菜鳥。

該雜誌被歸類在生活風格，編輯部的氣氛、雜誌的內容都和《盜火人》有天壤之別，一切都得從頭開始磨練。

「我的攝影技巧都是跟廖伯學的，幸好沒拍出《盜火人》的風格，總編還稱讚我有天分，角度抓得很好。」

端木聽他喜孜孜說著工作上的大小事，語氣神色都是擔任八卦記者期間不曾有過的雀躍，活像個初次踏進遊樂園的小孩。

男友在新單位如魚得水，過得開心，端木很爲他高興，又覺得對方十分可愛，便低下了頭，在對方頰邊親了一口，以示祝賀。

舒清和仰起頭，雙眼發亮，期盼地望著他。

端木一笑，又俯身過去，這次好好親在對方要求的嘴唇上。

男友的唇瓣柔軟豐潤，端木一時實在難以自制，親了一次又一次，遲遲捨不得離開。

「啊，不行不行！」舒清和在端木的熱情當中恍惚了兩秒，趕在生理反應一發不可收拾之前及時回神，「這些菜不能浪費，要先吃飯！」

「好，先吃飯。」端木笑著回應。

吃過飯，他們一起懶在沙發上，觀看一部熱門的驚悚動作電影，等待肚裡的豐盛晚餐慢慢消化。

即使劇情誇張得接近好笑，他們仍然度過了愉快的九十分鐘。

之後兩人轉移陣地，關上寢室的門，充分享受了甜蜜的肌膚之親。

當舒清和帶著下半身的微疼躺進裝滿熱水的浴缸時，他的睡意已經抵擋不住，一連打了好幾個呵欠。

「明天我們幾點出門？」

端木的問話聲就在耳邊，懶洋洋的嗓音十分悅耳。

舒清和下意識往後蹭了蹭，慶幸當初選擇了附浴缸的屋子，而且還是足以容納兩個長腿男人的尺寸。

「約的是午餐，十一點左右出門就可以了。」

明天中午的飯局對舒清和來說非常重要，他終於要把自己的男友介紹給老友們認識了。

這場聚會本來不該拖得這麼晚，郭可盼他們也一直吵著要見面。無奈學長經常出差，大新和端木都是排班的工作，日子改來改去，好不容易才敲定明天的聚會。

想到這裡，舒清和的睏倦頓時被興奮和緊張取代了不少，他希望端木和他的朋友能相處愉快。

「明天和我的朋友們見面，你覺得緊張嗎？」

「多少有一點，我很渴望得到他們的認可。」

「他們當然會認可，而且一定很喜歡你！連藍思禮都同意，你看——」舒清和從浴缸旁邊的矮凳撈到手機，滑開螢幕，很快找到藍思禮傳來的訊息，「呃，雖然他的用詞比較不好聽。」

端木把下巴擱在舒清和的肩膀上，念出手機螢幕裡的字句。

「他們都知道牛奶男是什麼德性，你帶一顆西瓜去也會受到熱烈歡迎。」端木的嘴角微微抽動。可以和藍思禮最愛的水果相提並論，眞是榮幸啊！再細看傳訊時間，他驚訝地揚起眉毛，「藍思禮竟然在閉關創作期間回你訊息。」

「很、很奇怪嗎？」

「非常稀奇。他在埋首創作的時候，通常不和外界互動，連吃飯睡覺都要旁人提醒催促。我猜這條訊息代表了兩件事，首先，他眞的當你是重要的朋友；其次，他的閉關差不多接近尾聲了。」

聞言，舒清和沉默片刻，想起一直存在心裡的疑問，「你覺得……藍思禮過得好嗎？」

「怎麼說？你認爲他有什麼不如意嗎？」

「萬禧飯店的意外，對我的人生來說是一件不可思議的好事，可是……我猜不出藍思禮是什麼感覺。他被迫離開舒適的生活，每天在外面辛苦奔波，無意間發現丁路亞的八卦，安千緹的工作因此被搞得亂七八糟，中間又和梅先生牽扯不清，認識又分開，話也不能交代清楚……」他重重嘆了口氣，「對藍思禮來說，這一切到底算是好事，還是壞事呢？」

✦

麗莎用紙巾輕輕按掉眼角的淚水，年少時的回憶被柔美憂傷的曲調喚醒，正在她的腦海中一幕幕播放。

她有過一段從高中一路持續到大學畢業前夕的感情，占據了幾乎她全部的青春歲月，最終沒有開花結果。

那是她的初戀，隨著年齡增長，被大腦修飾得越來越美好，簡直刻骨銘心，如今受藍思禮的曲子催動，心情激盪，剛擦過眼淚，想哭的衝動仍然不能止歇。

藍思禮真不愧是現今華語歌壇最閃亮的一顆星，五首新曲只是初步配著鋼琴自彈自唱，已經如此觸動人心，未來大賣是必然。說不定還能提名獲獎，再次刷新萬娛員工們的最高年終數字。

一思及此，想哭還是想哭，只是奪眶而出的都成了喜悅的熱淚啊！

麗莎沒料到的是，這些新曲全都走傷感的路線，暗戀、錯過、放棄和失去，聽得她既感動又擔心，不知道藍思禮是哪裡得來的靈感？她沒有發現任何跡象，應該不是親身經歷吧？

「覺得我的新作怎麼樣？」

「還需要問嗎？我都熱淚盈眶了。」麗莎從皮包取出隨身小鏡，檢查沾濕的眼妝。

她人在藍思禮住處二樓的起居間，肘邊的小茶几擱著半滿的紅酒杯，播放新曲的平板剛剛關閉。她聽歌聽得入神，酒都沒喝幾口。

藍思禮所有的創作，她都是第一位聽眾，然後才是製作人，這是他們之間多年的慣例。

藍思禮又問：「跟以往的作品相比，是不是有點不同？」

這回麗莎沒有立即答覆。在音樂方面與藍思禮交流必須謹慎，敷衍和拍馬屁只會惹來怒火，不過真心的實話從沒碰壁過，對方是聽得進去的。

以前藍思禮也寫過感傷的情歌，唱著單戀、分手、愛不對人之類的煽情曲調，詞曲都美，歌聲更是沒得挑剔，非常受到歡迎。然而和今天聽見的詞曲相比，的確有些變化。

以她對藍思禮十年的認識，她自認可以大膽說一句，「這次的作品似乎比較眞實？我很佩服，你描摹情感的功力又更上一層樓了呢！」

「哦……」藍思禮靠著椅背，抬起腳，對自己的鞋底如今只能碰到矮桌邊緣感到短暫不爽，然後陷進了思緒當中。

曲子裡的情感當然都是誇飾過的，他寫歌就是這樣，兩分的感受，放大渲染成十分、十二分。

從前，那兩分要到處尋找，這次不同，他一往自己的內心挖掘，靈感便源源不絕，要他不譜成曲子反而困難。

於是他刻意加強力度，把情緒都宣洩在音樂上，彷彿眞的走過一場又一場驚天動地的大悲戀，精神和肉體都累到了極致。

連麗莎都這麼說了，自己眞的對那人有感情，心中的喜歡果然是眞實的嗎？

「所以，這一首提到的『遠去背影』，就是主人翁推著攤車跑掉的意思嗎？很隱晦呢。」

藍思禮皺起眉頭，「什麼攤車？」

「歌詞裡的主角不是擺攤賣小吃的嗎？」

「妳在胡說八道什麼？哪隻耳朵聽到小吃攤，趕快去找醫生治療，最好也順便檢查一下腦袋。」

小吃攤不就你親口說的嗎？竟然連自己的靈感來源都翻臉不認！麗莎把話吞進肚裡，只在內心吐槽，可沒傻到繼續爭論。以藍思禮的脾氣來說，這種程度的任性已經算是輕微的了，反正美食小吃和這些悲傷的曲調完全不搭，捨棄掉也好。

「要我把歌傳給阿邦嗎？還是直接和他約時間見面？」阿邦是製作人，也是老搭檔了。

「不必。」

「不必？」麗莎困惑地眨著眼。

「寫歌的過程很過癮，但是已經夠了，那些情緒很煩、很累，不適合我。這些曲子隨便送給哪個師弟或師妹吧，看看誰想要就拿去。」

「看……看看誰想要？」不如看看有誰不想要吧！麗莎驚道：「你是不是想要看到血流成河？」

「覺得麻煩的話也可以直接廢棄掉，由妳全權處理。」

廢棄掉才怪呢！麗莎趕緊收起平板，不讓這批籌碼從手中溜走。

隨意割捨了自己的心血，藍思禮卻彷彿不受半點影響，看都不再看平板一眼，起身便往外走。

「你要去哪裡？」

「睡覺。」藍思禮不回頭地應道：「明天是總裁的喜宴，我要早睡早起。」

「早、早睡早起？你想要早睡早起？」

麗莎好不容易從驚駭中回神，藍思禮已經不見人影，說要早睡好像不是開玩笑。

藍思禮對每一項音樂工作都十分重視，卻鮮少重視到這種程度。

「真奇怪，明天的婚宴除了唱歌以外，還能有什麼事嗎？」

Chapter 41

梅曦明天生缺乏事業野心，沒有自己的家庭需要照顧，活得隨心所欲，很難舉出有什麼具體的目標或重心。

前陣子他尤其過得渾渾噩噩，忙完公事，加上每兩天一次，半小時到九十分鐘的健身房運動之後，他就不想再做任何事。

從前他的夜生活精采活躍，收到的玩樂邀約頻率不低於健身運動，現在的他卻提不起勁參與。若是拗不過朋友，出去吃飯喝酒，回家時間也甚少超過晚上十點，比灰姑娘還要早。

生理慾望當然還存在，梅曦明的外在條件佳，不缺投懷送抱的對象，他們示好的目的明確，長相多半都不錯，他的第一個念頭卻是麻煩。

一夜情的步驟好麻煩！他有做人的原則，不能只顧自己爽，要體貼、要時時照顧到對方，絕不敷衍輕率。這樣還不如關起房門，自己解決。

朋友取笑他是因爲老了，才會有所變化，還有人說：「不是，我看他的症狀有八成像失戀，還是被拋棄的那一種。」

在一大堆「怎麼可能」、「胡說八道」、「他懂個屁戀愛」的嬉鬧中，他從來不認眞回應什麼，只笑笑承認自己大概眞的老了。

是啊，哪有失戀，更遑論拋棄，無論他和舒清和之間是什麼關係，兩人說好結束，就結束了，如此而已。他總是這樣對自己說。

偶爾，他會在公司見到舒清和。會議室、電梯、走廊、一樓大廳……梅曦明甚至意志不堅地找藉口去過幾次《盜火人》編輯部。

他不知道自己在期待什麼、尋找什麼。

每一次照面，都沒有改變他的心如止水，更沒有出現將對方追回來的衝動，可是當他憶起相處的點點滴滴，又想念得不得了。

有一次，梅曦明難得在公司外發現舒清和。

當時梅曦明在車上，等著紅燈，舒清和從幾十公尺外的一棟大樓出來，小跑步奔向街邊一名高大的男人。

男人生得嚴肅穩重，氣質與梅曦明截然不同。

舒清和在男人面前說了幾句話，然後伸手指了個方向，然後兩人一起轉身離開，手牽著手。

梅曦明看得呆了。

那兩人沒做什麼刺眼的大動作，從車裡的角度也看不清表情，但是一個成年男人可不會隨隨便便和另一個成年男人牽手啊！

梅曦明一直以爲小員工也是個遊戲人間的玩家，沒想到……

「他不是不想談戀愛，是不想跟你談戀愛。」坐隔壁的張鳳翔把他不敢面對的下半句話說了出來。

梅曦明氣憤地推了對方一把，「竟然在老友的傷口上灑鹽，惡劣！」

「你有傷口嗎？不是已經不喜歡了嗎？」張鳳翔疑惑道。

梅曦明心情複雜，解釋不清，乾脆閉嘴不說話。

綠燈亮起，他驅車前行，目光不敢偏離車道，避免不小心又看見恐怕還沒走遠的牽手情侶檔。

事到如今他倒不是想取代那個高大男人的位置，只是心頭酸酸的，不是滋味。

多年前就有人對他說，他適合一起玩樂，然而要定下來好好生活，大家都會選擇別人。

他總是不在意地應一句，「正合我的心意，很好啊！」

現在他覺得很不好，他的心底升起一股不太理性的埋怨，吶喊了起來。

如果兩個人恬淡幸福牽著手的生活是他想要的未來，爲什麼都不說？爲什麼連半點機會都不給？只因爲自己風流花心名聲壞，不是託付終身的好對象？

但是他可以改變，也可以做到眼中、心裡只有一個人，隨時牽緊對方的手啊！梅曦明人生初次冒出這樣的念頭，深受震撼。

他的精力無處宣洩，後來都用到了工作上，當個認眞勤勉的總經理，逐漸在夜晚的樂園消失了身影。

他的老闆兼好友，憤憤指控他變成了無聊的企業戰士；老母譏諷他，出版業沒前途，再認眞有什麼用？

身爲大老闆的兄長生出戒心，警告他別妄想本家的資源，他們已經分家了；兩位姐姐稱讚他有野心很好，要拉攏他一起對付大哥。

眞的好煩！

這些變化，梅曦明本以爲只是個過渡，自己總有一天會重拾舊習。然而那一天遲遲沒來，他反而漸漸習慣單純的生活，覺得這樣也不壞。

雖然他的嗆辣小騙子不可能回頭了，但是……將來或許有一天，他會幸運遇見另一個讓他有同樣感覺的對象。

到那時候，說不定他不會再被視爲只適合消遣的貨色，彼此可以認眞相待。

可是……可是世上怎麼可能有第二個小騙子呢？

萬歷總裁婚宴的盛大、華麗、貴氣十足，並不足以令梅曦明感到驚奇。畢竟他參加過無數次的豪門喜宴，其中就有三次是萬歷張家在萬禧飯店的場子。他還擔任過作風誇張奢華的張鳳翔的伴郎，什麼大風大浪都見識過。

眞正讓他睜大雙眼、出乎意料之外的是展示在迎賓區的新人婚紗照。他趨前幾步，近看桌上的照片。

大小姐的新婚夫婿被眾人戲稱爲駙馬爺，長相斯文清秀，個性畏畏縮縮，是梅曦明遇見最內向害羞之人。

可是在照片裡，這位內向害羞的駙馬爺竟然被拍出了幾分自信。大小姐眼望夫婿，笑得柔情萬千，更是梅曦明一輩子沒見過的奇景。

眞是厲害的攝影團隊，鬼斧神工，害他差點要扭過頭去，確認自己是否走錯了會場。

總裁的婚紗照就在旁邊，其中已有數張發布給媒體，梅曦明也看過。其攝影風格簡單含蓄，都是在棚內拍攝，多數是兩個人靠得很近地站著，或是靠得很近地坐著，人很英俊。

兩組照片拍出來都很像雜誌封面，只不過一個是時尚雜誌，另一個是財經雜誌。謠傳拍攝現場的確有親親抱抱之類的甜蜜照片，但是全被總裁收起來，連攝影師的原始檔案都被買得乾乾淨淨，就是不給別人看。

不愧是總裁，道德崇高，不刻意放閃，照顧到他們這些脆弱的單身人士。

禮桌在牆邊，有一長排，迎賓陣容浩大，客人也多，九成是萬歷的賓客。

爲了省麻煩，新人不收禮金，賓客簽一次名，拿兩份喜餅，管你是哪一方的親友。

梅曦明由專人領到座位，桌子大部分還空著。他沒在自己的位子放鬆安坐，放下兩袋喜餅，立刻去找張家二老請安，施展一下長輩專用的甜言蜜語。

兩老的心情都很好，尤其張老夫人，還笑著勸梅曦明趕快安定下來，同性婚姻也很好，不要懼怕世俗的目光。

要不是他自小就和張家往來，熟悉對方的性情，不然都要誤以爲老夫人一直都是這麼理性開明。

梅曦明的親哥哥也已到場，對方在宴會廳門口和人說話，還沒有發現他。

應該主動帶著假笑打招呼，還是徹底躲開好呢？他正舉棋不定，人就被張鳳翔拉走。

「這麼晚才來！」

「你們的人手多到都滿出來了，難道你希望我早來沒事做，跟你妹鬥嘴，增加小畫家的壓力嗎？」小畫家就是駙馬爺，綽號取自職業，梅曦明覺得有點可愛。

張鳳翔哈哈笑起來，「他的壓力已經大到不差你一個了。」

他們的座位當然連在一起，同桌的還有張鳳翔的妻子、幾位表妹，以及她們的丈夫和小孩。

同桌同輩當中，只有梅曦明是孤家寡人。

「告訴你一件奇怪的事，我剛剛在貴賓室遇見藍思禮，他竟然問我，我的好朋友怎麼沒有一起來。」

梅曦明微微蹙起眉，「他爲什麼問起我？」提到張鳳翔的好朋友，不帶其他說明時，認識的人都知道指的是自己。

「不曉得，我說你還沒到，他就不再多說了。喂，你是不是……是不是……」

「是不是怎樣？」

張鳳翔搖搖頭，「算了，不可能，藍思禮看不上你，一定是你不小心做錯什麼事，他要算帳。」

爲了尊嚴，梅曦明很想反駁幾句，可是他該如何反駁事實呢？從來沒聽說那個唯我獨尊的大明星看上過誰，沒被看上才正常，不算恥辱。

由此可知，藍思禮問起他，八成不安好心。梅曦明不由得心生警惕。

他的這份淡淡憂心在喜宴進行間，被談笑用餐的氣氛蓋過了一陣子，直到藍思禮登台表演，才重回心頭。

他和大多數賓客都放下餐具，仰起臉，望向那株人造的奇幻大樹。

舞台以外的燈光都黯淡下來，穹頂映出一片星空，在架高的特製舞台上引吭高歌的藍思禮像發著光的一輪明月，又像樹梢上的妖精。

這麼適合掛在天上讓人仰望崇拜的大明星，爲什麼特地問起他？如果他眞的做了什麼，得罪過對方，他怎麼一點都想不起來？

疑問剛在心中掠過，藍思禮的視線忽然轉過來，停留在他的臉上。

梅曦明吃了一驚，膝蓋不小心撞上餐桌，搖動到桌面上的大批杯盤，幾道責備的目光投了過來，他立刻爲自己的失態致歉。

等他再抬起眼，藍思禮的視線已經移開。

錯覺嗎？可是同樣的錯覺卻一再發生，藍思禮總共演唱三首歌，十幾分鐘內，就看過來五次之多。

滿堂熱烈的掌聲中，燈光改變，樹下的樂團奏起輕柔音樂，大明星從樹間隱沒，離開舞台，一眾賓客繼續吃喝。

梅曦明環視同桌，目光最後落在坐在自己左邊的張鳳翔的小表妹。他低聲詢問：「你有沒有覺得藍思禮剛才好幾次盯著我們這桌看？」

「你也注意到了？」小表妹開心道：「我猜他在看我，開席前大表哥帶我去休息室拜訪過他，他記得我這個大粉絲呢！」

「這樣啊。」果然是自己想太多，藍思禮是在服務粉絲，不是在考慮如何找他算一筆他不記得的帳。

表妹夫在另一邊問：「他跟妳說了什麼？」

女方小聲回答，夫妻兩人一陣交頭接耳，表情古里古怪，接著交換了座位，讓男方坐在梅曦明身邊。

梅曦明強忍住白眼，已婚男女防備自己，見怪不怪，防備的性別錯了，也不罕見。他認眞考慮了一會兒要不要提醒對方，說他對男人的興趣更強，又怕對方聽不出話語中的玩笑成分。

台上又一名演奏家結束表演，掌聲停歇後，幾位和梅曦明同輩的少爺從席間起身，向主持人招呼了一聲，相偕跳上舞台接過麥克風。

「大家晚安！我們是曾經被大小姐拒絕過的傷心男子團體，要獻唱一曲給最美的新娘子、我們的公主，請聽聽我們心中的憾恨。」

掌聲和歡呼在台下響成一片，大多來自年輕一輩。大小姐決心當個美美的端莊新娘，沒翻白眼，只是掩嘴笑著，一旁的小畫家對著舞台驚得目瞪口呆。

「梅曦明，快點上來，一起啊！」台上有人笑著向梅曦明招手。

梅曦明搖搖手，「還敢說是我的朋友，記性那麼差，我要唱也是對著總裁唱好嗎？」

眾人又笑，席間立刻有數人嚷著「我也是、我也是」。台上甚至有人當場要更改性傾向，馬上掀起一陣笑罵，說他們狗腿、不要臉，廳內鬧哄哄地，氣氛十分歡樂。

梅曦明身旁的有婦之夫臉色劇變，終於發現自己不該交換座位。

此時，梅曦明的視線瞥向主桌。

總裁的新婚丈夫正在前者的耳邊說悄悄話，總裁輕抿著唇，嘴角彎起的弧度並不大，微笑很淡，但是眉眼堆滿溫柔笑意，看起來很幸福的樣子。

難怪保守的張家老夫人最後妥協了，願意在公開場合支持兒子。

梅曦明看得欣羨不已，台上眾人正扯開喉嚨，唱起失戀組曲，用意是搞笑，卻意外契合他的心情。

第一組離開的賓客出現在敬酒後不久，是某位董事及他的夫人，有點年紀，無法待到太晚，在宴會廳門口和張家二老熱烈說著話。

廳內的賓客已經不太專心吃飯，大家紛紛離開座位，到處交際應酬。

梅曦明前後也被拉進幾個談話圈子，他的興致不高，聽大家聊了一陣，喝了幾杯，便用上廁所當作藉口開溜。

從廁所回來，他沒回自己的座位，沒找任何朋友，而是在宴會廳的邊角挑了張沒人的桌子坐下。

梅曦明是萬歷的主管兼家庭友人，不能太早離開。他打算留到最後，再問看看張鳳翔有沒有需要他的地方，到那時候，能走再走。

Chapter 42

「你看起來有點眼熟。」

梅曦明差點從椅子上跳起來。

頭頂傳來的聲音和他的嗆辣小騙子音色迥異，可是那個調調……那個調調……他猛然抬頭，如果眞是舒清和出現，他會驚訝，但是一定不會像現在這麼驚訝。

藍思禮站在他的面前，臉上似笑非笑，神情詭祕，「想起來了，是萬萬不可的梅總。」

連續兩句話搗亂了梅曦明的大腦運作，想隨便回應一聲都做不到。

藍思禮已經換掉銀白色的表演服裝，改穿一套暗藍色西裝，布料不知是什麼材質，在燈下閃著低調好看的光澤。

他拉開桌邊一張空椅坐下，翹起一條腿，伸手撥了撥頭髮，抬起眼望向梅曦明，廳內無數個水晶裝飾在那雙眼裡閃出點點星光。

梅曦明驚覺自己全程都張著嘴，立刻閉起。他往左右看了看，附近沒有其他人，藍思禮眞的是來找他的。

大明星到底有何貴幹，他勉強只能想到一件事。

「好了，都結束了，不需要再對我說教，我跟小……跟舒清和現在只剩單純的職場關係。」

「所以你躲在角落失魂落魄，借酒澆愁？」藍思禮瞄向對方手裡的玻璃杯。

「這是汽水。」

「爲什麼結束？你不喜歡他了嗎，還是你從來沒有喜歡過他？」

「你這種問法，好像只有我不喜歡他的可能性，沒有反過來的情形嗎？」梅曦明皺起眉頭，悶悶不樂。

「搞不好是喔。」藍思禮聲音輕快，心情似乎很好。

梅曦明微微瞇眼，既懷疑又迷惘。之前逾越職場倫理，遭到糾正也就罷了，現在事情已經結束，這段時間他安分守己，沒有騷擾任何人，對方到底還想怎樣？

「有什麼心事，跟我說說看。」藍思禮催促道。

他才不要說。

「不願意說心事？」據傳脾氣很大的藍思禮，好心情還沒有動搖的跡象，「說別的也可以啊！」

「說什麼別的？」

「嗯……」大明星真的思考了起來，「你覺得我今晚的表演怎麼樣？」

梅曦明有點意外，腦中不禁播放起表演時的畫面，鬼使神差問了句，「你表演的時候是在看我嗎？」

他已經準備好被嘲諷、被取笑，卻見藍思禮微微側頭，彎起嘴角，朝他輕輕一笑。

梅曦明對著那抹笑恍惚了兩秒，腦袋發暈。

上次他們近距離說話的時候，藍思禮當然也很美、很有魅力，他的感受卻不盡相同，今天的藍思禮多了氣勢，耀眼的程度彷彿有先前的數倍。

這是觀賞現場表演的後遺症？還是粉絲錯覺？他忽然變成藍思禮的粉絲了嗎？

梅曦明把玻璃杯舉到嘴邊，遮擋神情，視線從杯緣投向四周，平常他們這樣的組合容易招來旁人的注目。然而現在滿廳都是名流權貴，各自忙著社交應酬，他和大明星的顯眼度下降不少，沒人在意他們，包括曾經親自給他警告的總裁，開始送客以後，根本無暇他顧……

喔，不對，有個人牢牢盯著這邊，臉色不太好看。

藍思禮查覺到梅曦明的視線，順著看過去，見到一名四十來歲的男人，長相不錯，一身富貴氣息，眼神有點惹人厭。

「那是誰？」

「梅家的大少爺、大老闆，也是我哥。」

最後面的身分引起了藍思禮的興趣，他在椅中坐直，身體前傾，試圖看得更清楚，「你們的確有些地方長得像，不過……」

不過你哥比你成材多了！認眞上進、名聲好，又守規矩，處處受人尊敬，你怎麼就不學學你哥？一段對話裡只要包含他兄弟兩人在內，就是這種走向，屢試不爽，梅曦明從小到大聽了無數遍。

「你哥一直都是那種醜死人的表情嗎？好像四周有什麼臭味。」

梅曦明瞪著他，藍思禮也回瞪。

「幹嘛？我不能說你哥的壞話？」

當然不是，正好相反！梅曦明搖搖頭，忍不住微笑，藍思禮的確將大哥的表情形容得貼切。

他剛感到有趣，接著想起在哥哥眼中，自己多半就是那個臭味來源，笑容一下子又消失了。

「他的表情應該是針對我。他怕親弟弟胡亂騷擾大明星，鬧出什麼讓家族難堪的醜聞。」即使大明星自己靠過來，也算他的錯。

「是嗎？」

藍思禮挪動座椅，往梅曦明靠近，直到兩邊的膝蓋幾乎碰到，接著一把拿走梅曦明手裡的杯子，對梅大少爺舉杯，燦然一笑，就著玻璃杯喝了一口。

嗯，還眞的是汽水。

梅大少爺很訝異，反應也很快，馬上堆起笑容，向大明星點頭致意。

「喂，跟你哥揮個手，笑開一點，快點。」

梅曦明還在錯愕當中，他看了看藍思禮拍在自己膝上的手，被催促兩次，才呆呆揮手微笑。

哥哥的笑容僵住了，沒有理會弟弟，轉身走開。

「他好像聞到更濃的臭味了。」藍思禮高興地說。

「他一定誤會我們有一腿，下次回家又要被他罵死。」但很値得，親人的觀感無法改變，乾脆拿來取樂也不錯。

「我們有沒有一腿關他屁事，即使是萬娛的人來囉嗦，我都不一定鳥他們。」

「眞的嗎？我以爲你一直都很守公司的規矩，多年來半條緋聞都沒有。」

「那是我自願配合，這樣子發展比較順。而且，以前我也沒遇見値得我多花精神與時間的人。」

如果是一般的對象，梅曦明會接著問「現在遇見那個人了嗎」，說話時聲音要放低，像在講祕密，同時要帶著迷人的微笑。對方如果有那個意思，就會眨眨眼回應「你說呢」，然後就說到床上去了！

不、不對！醒醒啊梅曦明，你不是對約炮、一夜情心如止水嗎？才和藍思禮說幾句話，就故態復萌，也太不對勁了吧！他暗自一陣懊惱，差點錯過藍思禮的發問。

「正在跟你哥說話的人是誰？」

「那是鳳翔的小舅舅，做進出口貿易。」

大概是看起來、聽起來都很無聊，藍思禮沒有多問，接著又指了一名外表頗有威嚴的中年婦人。

梅曦明看了看，笑出聲來，「其他人就算了，萬娛的副總你也認不出來？」

「平常助理會幫我認，我只記得對我而言重要的人。」

「萬娛的副總應該很重要吧！」梅曦明嘴巴說著，心裡卻想著：他剛才叫我梅總，看來是記得我，代表我也重要？而且他是刻意要讓我知道嗎？

「那個人呢？」

梅曦明看見一名身穿寶藍色小禮服的年輕女孩，所處的位置燈光較暗，他端詳了一會兒才認出來。

「啊，她是明新醫療集團的千金，今天的妝髮很厲害，雖然不是全場最美，至少也有前五名的實力。」

藍思禮忽然將視線轉向梅曦明，同時露出滿臉期待，「前五名？在你眼中，誰排第一？」

問得太明顯了！梅曦明痛苦地閉了閉眼。要他接二連三無視對方做的球，實在好困難，他終於忍耐不住開口詢問。

「你是不是……是不是……是不是……」心中的猜測太不可思議，導致他連說三次都卡住，「你是不是很想聽我稱讚你？」

藍思禮將手肘擱在桌上，掌心支著臉，「那你呢？是不是很不想稱讚我？剛才我問你，我的表演怎麼樣，你也不肯正面回答我。」

帶著輕微怨氣的回應讓梅曦明呆了兩秒。

「你、你忘記了，上回見面，我不是稱讚過你嗎？說你長得美、皮膚好、身段優雅，說了很多。」他笑了笑，沒有多想便接著說：「還說你有個銅鑼燒屁股。」

藍思禮臉色大變，「銅鑼燒……屁股？」

「啊……不是……」

「你說我是銅鑼燒屁股？」藍思禮握緊拳頭，氣得臉上忽白忽紅。

怎麼回事，上次提銅鑼燒，對方只是驚訝，沒有震怒啊！看著對方既傷心又生氣的模樣，梅曦明被鬧了個措手不及，更怪的是，他發現自己忍受不了對方難過，心頭慌慌的。

「銅鑼燒很好吃！口味又多，還有銅鑼燒冰淇淋，餡料塡多一點，也很飽滿啊！」

「少自欺欺人，你喜歡的明明是水蜜桃。」藍思禮怒道。他本來是側坐，馬上扭著腰調整角度，不讓梅曦明看見他的屁股。

梅曦明拚命壓下覺得這個舉動可愛的念頭，如果不愼露出一絲笑容，絕對會被對方殺掉。

「這……一個是水果，一個是點心，不能相提並論。」

「你嘲笑別人是銅鑼燒——」

「不是嘲笑！」梅曦明急忙插嘴。

「你的藍色『小』精靈也沒什麼了不起，那個東西甚至不是藍色的。」

「什、什麼？藍色小精靈只是個、是個代號，它一點都不小，更不是藍色的！從來沒人說他小，從來沒有！他是大號的！

「都不是的話，幹嘛叫藍色小精靈？」

「怎麼問我？那時候是你先提藍色小精靈，我才……才……」等等，他搞錯人了，說得太順口，不小心把對方當成他的小騙子。「你……你怎麼知道？他連這個也跟你說嗎？」梅曦明感到胸口隱隱作痛。

藍思禮沉默了片刻，他本來還在爲銅鑼燒氣呼呼，對手忽然意志消沉，連帶把他的怒火也澆滅了。

「你認爲他會把這種事講出去嗎？」

「事實擺在眼前，還有什麼其他可能嗎？」其實他不認為，只是現在的狀況讓他不得不這樣說。

「你很介意，是因為你仍然喜歡他嗎？老實回答，我就告訴你，我為什麼知道藍色小精靈。」

「你這個人眞的很堅持……」梅曦明嘆了口氣，「我承認，跟他相處的時候很喜歡，甚至想在約會結束後賴皮，拜託他再給一次機會。現在不知道了，喜歡的心情好像跟著新鮮感一起消失了，大概因為我就是個三分鐘熱度的糟糕傢伙吧。」

「我不覺得你有多糟。」

梅曦明懷疑自己聽錯了。

「和你相處很有趣，我喜歡我們之間的緣分。」

咦，小和也說過緣分，藍思禮為什麼一直提到小和說過的話？

「輪到你回答我的問題。」梅曦明提醒道。

「晚一點再跟你說。」

「晚一點？」

「走吧，離開這裡，我請你吃宵夜。」

「宵夜？」

藍思禮為對方的鸚鵡行徑翻了個大白眼。

「會被太多人看見，我們不能一起離開。我先走，五分鐘後，你從飯店後門出來，我在這輛車上等你。」說著在餐巾紙上寫下車牌號碼。

梅曦明瞪著餐巾紙，舉棋不定，「總裁還在送客，鳳翔也在忙，我應該留到最後……」

「那就是你的損失了。」

然後藍思禮眞的照他說的路線離開了。

梅曦明看看餐巾紙，又看看藍思禮離開的方向，心裡充滿無數個疑問與驚詫。太荒謬了！對方覺得自己這麼簡單就會聽話，會跟著他的銅鑼燒屁股離開？難道這是什麼綜藝節目企畫的陷阱嗎？

然而，他無法解釋這種彷彿活過來的感覺。

如果說，過去這段期間是烏雲密布的陰天，和藍思禮說話的短短十幾分鐘就是萬里無雲的大晴天，又暖又明亮。

他注意到自己的心跳比平常快了點，臉頰微熱，興奮與期待逐漸浮上來，壓倒了先前的疑問與驚詫。他已經好久沒有這種感覺，自從……自從……

可是，他才失去他的水蜜桃不久，這麼快又對銅鑼燒心旌搖曳，眞的沒問題嗎？

藍思禮給了他五分鐘，他用一分鐘搜尋好兄弟張鳳翔的位置，再用一分鐘哀嘆自己的薄情寡義、見異思遷。剩下的時間，他想著衝動之後可能引發的各種壞處，想來想去，最後停留在藍思禮的笑容，那麼燦爛迷人，那麼囂張無畏。

不知不覺，他也染上了一抹相似的笑……管他的！

梅曦明乾掉杯裡的汽水，站起身，快步往藍思禮離開的方向走，追著他的銅鑼燒屁股。

全文完

番外一
幸福進行式

舒清和開擴音和妹妹講電話的時候，並不知道端木就在附近，他正在準備晚餐，心思一半分給妹妹，另一半放在爐子上。

久未見面的妹妹過一陣子要北上一週，舒清和非常期待。

「妳買好車票了嗎？幾點會到？我想找木沐一起去接妳，不過我要先問一下他的時間。」

「不用啦，我和你男朋友又不熟。」

「我介紹你們認識以後，不就慢慢變熟了嗎？」

「我一定要跟他變熟嗎？誰知道這一任……這一任……」

「這一任怎麼了？」

妹妹在線路另一頭發出好大一聲嘆息，「哥，不是我要檢討你的品味，你每次遇到渣男都認不出來。像上一任，我都不敢跟爸媽說我見過他，免得爸媽問出細節之後血壓暴升。好不容易你們分手了，這麼快又出現新男友，你眞的有好好挑過嗎？我實在不看好你們能維持多久……」

「木沐不一樣！」

接著就是一連串舒清和向妹妹誇讚男友的各項優點，舒錦和對哥哥的眼光拋出許多疑問。

端木聽得尷尬，通話結束前都不敢輕舉妄動。

這是他第一次公開談戀愛，以往都是兩人世界，沒有親朋好友的聲音參雜。他雖不介意旁人對自己的評價，卻也不希望重視親人、疼愛妹妹的舒清和爲他傷透腦筋。

或許，他該試著贏得舒清和妹妹的認可。

不擅長討好別人的端木於是在固定和母親見面時，提到了這件事，尋求參考意見。

然而，不到三秒鐘，話題就被帶歪。

「男朋友！就是你之前說過很在意的那個人，對不對？你們在一起了？怎麼現在才說，有照片吧？我要看照片！」

端木出於無奈，從手機裡挑出男友的生活照，恭請母親過目。

舒清和曾說自己很得長輩緣，一試果然不同凡響，端木的母親光看照片就滿臉堆笑，不住點著頭，「好清秀的男孩子，一看就知道很乖，不錯不錯！他今年幾歲？做什麼工作？什麼時候帶來給媽認識？」

「過一陣子再說，我不想太早帶給他不必要的壓力。」

「這樣哪算太早？」

端木的母親於是改把壓力丟到兒子身上，開始盤問兩人的交往細節。

端木的回話一如既往俐落簡短，但是她身為母親，不難聽出兒子和對方相處融洽，日子過得溫馨幸福。

「哎，我的兒子眼光好，喜歡我兒子的人眼光更好。」她滿意地下了結論。

男友在母親心中留下優良印象是好事，不過對於端木的今日的主要目的，卻是一點幫助也沒有。

他只好找上第二個諮詢對象，表哥Chris。

「你的目的無非是防止這個妹妹成為阻礙，討好她不是最有保障的策略。」

Chris用一貫的陰冷態度，開門見山便這麼說。

端木可沒把妹妹當成阻礙，但是表哥扭曲的思考方式與遣詞用句，他同樣懶得費力氣糾正。

「你有更具保障的做法？」

「每個人都有祕密，找到這位舒小姐的把柄，就能一勞永逸解決問題。我有相熟的徵信社能幫忙，要嗎？」

「心領了。」

端木用最快的速度向表哥道別。

離開餐廳的途中，他意外遇見藍思禮。萬象娛樂就在隔壁，表哥也是剛好要來辦事，才約在這個地點。

「木沐？你在這裡幹嘛？」

藍思禮問得直接，端木也不跟他客氣，「不關你的事。」

藍思禮一瞥眼，見到不遠處的Chris，「哦，那傢伙在上班時間抽出空來，不尋常，怎麼不跟我說說看，讓我有機會笑一笑？」

「你不忙嗎？」找上表哥已經大錯特錯，端木可不會一錯再錯。

「很忙啊！你聽我說——」

立場一瞬間調換，端木被拉到萬娛一樓的咖啡廳，聽藍思禮滔滔不絕地說著跟梅曦明往來後遇到的困難。

一個多鐘頭後，端木到底來找Chris說什麼事，藍思禮已經完全忘記追問。

醒悟來得雖晚，終究還是來了，端木發現自己需要的是平凡普通、能夠保持客觀的對象，譬如他的同事們。

萬歷正好有個家庭聚會，張家老宅寬敞的大廚房裡聚集了許多待命中的保全人員，眾人閒聊間，端木也提起自己的困擾。

「當然是接送、請客、送禮物，沒有更好的方法了。」

「送禮、請客要選對，最好能炫耀打卡，讓對方很有面子。」

「重點是，你對妹妹多好，對女友……或是男友，就要加倍好，這樣很累人。」

眾人紛紛貢獻意見，熱烈討論起來，偶爾也參雜幾句苦水。

「我個人覺得，無法長久維持的殷勤，一開始就不要做比較好喔。」一個格外從容的聲音插了進來，「想想三年、五年後，你希望和他們怎麼相處，現在就該怎麼相處。日久見人心，木沐，你沒問題的。」

開口的人是連城，總裁的夫婿。他總是能夠自然融入宅邸員工的對話圈子，大家往往慢了好幾拍才發現他也在場。

一開始，每個人在總裁夫婿面前的言談舉止都異常生硬拘謹，後來次數增多，連城證明了自己的隨和不是偽裝或假象，眾人才放鬆下來，把休息時間的連先生也當成伙伴，如常交流。

端木把連城的建議放在心上認眞考慮，畢竟連先生在搞定伴侶的親朋好友方面，可謂戰功彪炳。

✦

舒錦和北上當日，端木排了假、借了車。他在車站接到人，載著舒家兄妹，順利抵達舒清和的公寓樓下。

「這裡沒地方停車，我在附近繞兩圈，你要離開的時候再通知我。」

「好，你開車小心。」舒清和向端木揮手道別。

舒錦和也客客氣氣一鞠躬，「謝謝你特地來車站載我。」

端木駕車離開，舒清和幫忙妹妹提行李，樓梯才爬兩層，就急著問妹妹是不是也覺得男友很好。

「他一路都在專心開車，誰看得出來！啊，有啦，看得出他開車水準很高，比老爸那個道路狂暴症好太多了。」

舒清和嘟囔幾聲，對妹妹的回應不甚滿意。

「如果你一定要問……」舒錦和掏出手機，滑了幾下之後遞到兄長面前，「先說清楚，我沒有要破壞你們的感情，但是你看看這個。」

舒清和接過手機，螢幕播放的是端木在廣場騷亂時救出大明星的影片，畫面有多種角度和距離，顯然來源各自不同，最後被混剪成一支短片。

「你看，看見他的動作、他的表情沒有？」

舒清和可是在最近的距離看過的。一片混亂中，端木用身體護著他，視線微低，望著他的神情滿是關切與憂急，還有當時沒認出來的隱隱情意。

他看影片看得心花怒放，臉頰都開始發熱泛紅。

「看見沒？」

「嗯，好帥氣！」

「不是啦！」舒錦和差點要把行李箱摔下樓梯以示震驚，「這個時間點，他還深情款款看著別的男人，不是變心超快，就是心不在你身上，我就是覺得……很不好、很擔心啦！」

然而親哥哥感受不到妹妹的憂慮，只忙著對影片眼冒愛心。

「小錦，影片可以下載嗎？我想要收藏。」

「我妹後來又念我一頓，但是我得到了影片！」舒清和撲到大床上，手裡捧著正在播放影片的手機，「你要不要看？」

端木閉眼轉頭，發出微弱的哀號，「別拿過來，我那時候以爲愛上了藍思禮，我有陰影。」

舒清和呵呵笑著，趁隙親了端木一口，又看了一遍影片，才心滿意足地關閉手機螢幕，鑽進棉被裡。

這段期間，他把公寓讓給妹妹暫住，自己來跟男友擠。他剛洗完澡，用了木沐的洗髮精、沐浴乳，整個人聞起來跟木沐一樣香噴噴，心情輕飄飄。

「你妹妹還好嗎？」

「剛剛通過電話，她說要睡了，明天行程滿檔。」妹妹這一趟是來出差的，白天有研習課程，晚上和在地朋友聯絡感情，這樣的行程連續好幾天，根本沒時間留給親哥哥。

「可以一個人住，她好像很開心。」端木說。

「對啊，我妹從小到大都住家裡，長途旅遊也有同伴，很少有這種機會。之前高孟璟在，她來找我，卻只能住旅館，我每次都很過意不去。」

「將來我們租兩房的公寓，方便接待你的妹妹和弟弟。」端木淡淡說道。

談起未來，他們總是把同居視為理所當然的發展，連幾個適合的地點都想好了。

「房間平常空著嗎？當儲藏室？」

「吵架之後想單獨靜一靜，或是需要隱私的時候都能使用。生了病，還可以分房睡覺，避免互相傳染。」

舒清和一聽，驚愕地坐起身來。他睜大雙眼，轉頭瞪著沒有察覺到任何不妥的男友，「你是說，你生病受傷，難受得要命的時候，我不能在旁邊照顧你？」

「受傷另當別論，生病如果會傳染，分開睡比較好。」

「哪有比較好，我要幫你餵飯、送水、翻身按摩，協助你如廁洗浴、蓋棉被換床單，有很多很多事要做耶！」

「病到那種程度，就該送醫——」

「還有還有，萬一你半夜發燒，爲了喝水滾下床怎麼辦？」

端木聳聳肩，「我如果滾下床，就在地板上睡一覺。」

「哪有人……你眞的是……」

舒清和交疊雙臂，鼓起雙頰，不知該怎麼表達心中的懊惱。半晌，鼓起的臉頰慢慢消氣，嘴角卻漸漸彎起，發出無聲竊笑。

端木看得起疑，「在想什麼？」

「我說不過你，本來有點氣，但是我忽然想，藍思禮會怎麼做呢？」舒清和嘻嘻一笑，「他一定會叫我先答應，等到你病歪歪的時候，就沒辦法反抗我了。」

「學壞了。」端木揚起眉毛，手指畫了一下男友的臉皮。

「學聰明了！」舒清和高高興興又躺回枕上，蠕動著挨到端木身邊。

「隨便你答不答應，反正我就算生病，照樣可以把你扛起來，扔進其他房間。」

「別小看人，我可是跆拳道黑帶……國小的時候。」

「是嗎？讓我來測試看看。」

端木笑著撲向舒清和，後者出拳腳抵禦的同時也忍不住笑了起來。

「發現弱點了，怕癢的黑帶。」

「卑、卑鄙的傢伙！嘻哈哈哈……別、別過來……哈哈……哈哈哈……」

怕癢的人一旦發笑，短時間根本難以平息，舒清和的力氣轉瞬間消失無蹤，抬手起腳都變成軟綿綿的花拳繡腿。

端木不費吹灰之力就占上風，正要以一記擒抱定勝負，雙腳不慎被亂七八糟的床單纏住，平衡頓失，把舒清和也拖下了床。兩人摔落在地，發出巨響。

舒清和運氣比較好，落地時分別有端木和棉被墊著身體，摔得不痛不癢，連忙關心男友，「看吧，滾下床很痛的，你要不要緊？」

端木閉了閉眼，等待肩背的衝擊過去，口中逞強道：「不……不會痛，一點感覺也沒有……」

同棟的其他住戶可不見得沒感覺。端木聽見手機鈴聲響起，暗叫一聲糟糕，在地板上爬了兩步，拿到手機，一看果然是樓下住戶打來關切兼抱怨。

「抱歉，吵到你們。呃，我在……打老鼠！對，滿大一隻……不，已經解決，不會再吵了。」此刻那隻大老鼠正在他的背上摸來摸去，趁機查看是否有傷。切斷通話後，端木扔開手機，抓住舒清和的手，把人拉到身前，微笑道：「好了，大老鼠，睡覺？」

「嗯，睡覺。」

✦

端木最後沒什麼機會施展他蒐集而來的建議。舒清和好不容易才在妹妹忙碌的行程當中約了一頓三人午餐，那天已經是妹妹預計返家的日子。

端木事前託表哥訂了間一位難求的熱門餐館，然後以本色出席，話說得不多，把時間讓給久未相處的舒家兄妹。

兄妹倆情緒高昂，聊著家鄉、親人、共同朋友，忙著享用美食，也忙拍照打卡，用餐氣氛輕鬆愉快。端木不確定自己有沒有獲得好感，但是至少沒留下負面的印象。

快樂的半日只在稍晚時遇到意外，舒清和被工作上的緊急電話叫走，需要趕往印刷廠，不能親自送妹妹去車站。

「你忙你的，我自己會搭公車。」

舒清和對妹妹的提議猛搖頭，「妳的行李暴增那麼多，擠公車太辛苦了。」

「我一整天都有空，我載妳去搭車。」端木插話道。

舒錦和張大嘴，想要推辭，可是端木說話自有一股威嚴，加上親哥哥已經忙不迭地道謝，拒絕的話最後還是無法出口。

舒清和匆匆出門不久，端木也拎了車鑰匙，詢問舒錦和準備好了沒有。

距離舒錦和搭車的時間還久，她對哥哥男友的舉動起了疑心，想著這人要不是想趁早擺脫她，就是——

「你該不會……要和我進行懇談，說你有多愛我哥之類的吧？」光想像她就頭皮發麻！

端木莞爾一笑，「別擔心，妳覺得尷尬的事，我也有同感。」

舒清和進門時提著兩大袋食材，及時趕上爲晚飯備餐。

「謝謝你幫忙，還破費請我們吃好料，我已經準備好做牛做馬，回報你的恩情。」他半開玩笑地對端木說。

「不需要做牛做馬，做點好吃的我就很感謝了。」

「那有什麼問題！」舒清和老早就打定主意，不但要大展廚藝，還要做一大盤端木愛吃的胡椒餅！他進廚房開工，一面問道：「我妹沒有爲難你吧？有沒有說奇怪的話，做奇怪的事？」

「她很好，我們其實沒什麼交流。不過，如果我們相處融洽，我想你一定會開心，所以我事先打了通電話作弊。」

「作弊？」

「木沐大哥帶我去電視台，看藍思禮錄影！」舒錦和捧著臉頰，對母親傾倒滿腔興奮之情，「錄影結束之後，我們還去休息室，跟藍思禮喝咖啡吃蛋糕！天哪，藍思禮他、他人好好、好親切，又好帥，超級帥！

「他和我合照、幫我簽名、送我禮物，要我跟木沐大哥好好相處……我……嗚嗚……我一定會做到的啊！絕對做到，要我做什麼都可以啊！」

「哎喲，那麼誇張。」舒媽媽被女兒幾乎要喜極而泣的模樣逗笑了。

「完全不誇張好嗎，我幸福死了！人生最幸福的一天！啊，不說了，我要回房間整理行李，還要跟木沐大哥報平安。」

「不是先打給你哥喔？」

「都一樣，從現在起，兩個都是哥哥喔！」

番外二

愛情未來式

梅曦明覺得自己的人生轉了一個奇特的彎，彷彿走進萬萬不可出版的鄉野傳說，這幾個月來，每天都是不可思議的體驗。

一切都始於總裁婚宴當晚，他悄悄走出萬禧飯店的後門，見到依約等待的藍思禮。車上沒有陷阱，沒有舉著攝影機、大呼整人成功的綜藝節目工作人員，只有一個滿臉不爽快的經紀人大姊下了車，改搭計程車離開。

藍思禮約吃宵夜，卻要梅曦明出主意找地點。梅曦明並不介意，這座城市他熟得很，口袋名單裡有著各種餐廳，一掏一大堆，難不倒人。

他挑了家精緻安靜的隱密小館，吃的是清粥小菜，老闆是舊識，他和名人私會時常常光顧，不必擔心消息外流。

入座後，藍思禮沒讓梅曦明多等，簡單說了個令人匪夷所思的交換靈魂故事，非常不尊重傾聽者的智商。

「哈哈哈，怎麼可能發生那種事，哈哈哈哈！」梅曦明大笑不止。

「喔，這裡有什麼菜好吃？」

大明星不進一步辯解，竟然開始研究菜單！梅曦明一愣，蹙眉問：「話題結束了？就這樣？你不是應該想辦法說服我相信你嗎？」

「我爲什麼要那麼累？我答應告訴你原因，可沒答應要說到你相信。」藍思禮仍然在看菜單，「如果你覺得難以置信，應該要自我說服，努力相信我，否則的話……」

「否則的話？」

藍思禮聳聳肩，「就是你的損失。」

大明星果然不是泛泛之輩，這種自信程度，梅曦明甘拜下風，實在無法追問下去。

雖然不信大明星的鬼扯，宵夜時光還是十分愉快。梅曦明點了一桌迎合對方口味的菜，邊吃邊聊，話題竟然毫無中斷，聊到經紀人大姊來電「關切」，藍思禮才不情不願說著隔天要早起工作，道別離開。

兩三天之後，藍思禮傳來訊息，梅曦明回覆，往返數次，他們又約出來，開始了……開始了……他眞不知道該用什麼說法，往來？交流？暗通款曲？總不可能是談戀愛吧？

藍思禮身分特殊，每次會面都要小心規畫，到處都有視線需要躲避。最理想的情況是在國外工作的空檔，梅曦明會在稍晚時飛過去，和變裝過的大明星出外走走逛逛，就像約會。

「你看，那就是著名的情人鎖牆，據說可以鎖住兩人的緣分，讓感情長長久久。」有點冒險，梅曦明還是大著膽子問：「想玩玩看嗎？」

「那些鎖太密集了，讓人頭皮發麻，有沒有別的？」

「別的？」

「別的在約會時做的傻事啊！」

梅曦明不敢相信自己的耳朵，藍思禮沒有糾正他的用語，甚至承認他們在約會！約會就是交往對吧？眞不可思議！

更神奇的是他們交往至今尙未發生性關係，也沒有同房過夜，比梅曦明在學生時代時還清純。

藍思禮接受他的親吻和擁抱，他們之間的每一次肢體接觸都非常甜美，然而僅止於腰部以上。每當他想要越過防線，藍思禮就會立刻變身，全身的毛都豎起來，朝他齜牙咧嘴。

「不是討厭銅鑼燒嗎？幹嘛還摸？」

冤枉啊！他沒有討厭銅鑼燒，從來沒有！

但是藍思禮不跟他講道理，就是要生氣，傳聞果然不假，巨星的脾氣就是格外難搞，他也好喜歡這個脾氣。

後來有一日，梅曦明為老家的事心煩，鬱鬱不快，第一次打電話給藍思禮。視訊畫面上的大明星想隱藏接到電話的開心，偏偏演技拙劣，從聲音到表情都明亮得讓人移不開注意力，瞞不了任何人。

梅曦明非常後悔，後悔自己想得太多，拖到現在才敢主動聯絡對方。

儘管心情已經因為藍思禮而好轉許多，儘管相約都要提前好幾天規畫，他仍舊偷偷抱著希望，詢問能否見個面。

藍思禮掛斷電話前叫他等一下，他等了兩三下，竟把大明星等到了他的家門口，兩人配著漢堡與汽水，一起觀賞了幾集傻兮兮的肥皂劇。

事後聽麗莎抱怨，那天藍思禮硬是排開既定行程，就為了他說想要見面。

受寵若驚之餘，梅曦明又回到最初的疑惑。

藍思禮顯然是眞心喜歡他的，不是在他身上追求名利或性愛，所謂的約會交往，並不是隨便玩玩的消遣娛樂。

可是，為什麼呢？

他們在總裁的喜宴之前幾乎沒有交集，藍思禮的青睞來得好突然，突然得就像從中間開始觀看一個長篇故事，遺漏了互相熟悉的前期階段。

他左思右想，想破腦袋，唯一的合理解釋，就是那個極不合理的靈魂交換故事。

如果他說的是眞的……

✦

電梯停在一樓，金屬門緩緩打開，舒清和走進來，低聲向電梯裡的梅曦明問候了一聲。

電梯再度緩緩上升，搭載的乘客只有他們兩人。在來來去去人多口雜的出版社大樓，眼前的機會千載難逢。

梅曦明望著電梯上方的面板，心跳怦怦加快，表面上卻裝作漫不經心，「看過藍色小精靈嗎？」

舒清和從來沒在電梯裡和總經理多說過半句話，一時以爲電梯裡還有其他人在，呆了半晌，直到總經理轉頭看他，又重複了一遍問題，他才從驚訝中回神。

「看、看過卡通片段和電影，都是電視上播的，不確定是哪一集。」

梅曦明不眨眼地觀察對方，舒清和的微笑疏離有禮，摻著疑惑、詫異、滿滿的不安，腳步還悄悄往門邊移，明擺著要在下次開門時立即逃走。

他的這麼多反應裡，就是沒有半點虛假，更沒有從前那個大膽員工的半點影子。

除了交換靈魂一類超越常識的怪談異事，大部分的謊言與真實，梅曦明都能辨別，何況是公認沒有心機、誠懇樸實的年輕小子。

對了，現在想起來，與他相處過的「舒清和」跟外界的風評完全不符，是後來才再次改變……

過去種種在梅曦明的腦中倒帶重播，曾有過的疑問，搭配藍思禮口述的神奇經歷，都變得大有道理，包括那個亂七八糟的借車加油，他也終於搞懂了。

梅曦明望著「原車主」，放柔了臉色，溫言問：「在新單位過得還好嗎？」

舒清和往電梯門又挪近半步，不住點著頭，「前輩們都對我很照顧，謝、謝謝總經理關心。」

梅曦明微微一笑，視線又回到閃爍的面板數字，其實他一直都關心，只是現在的原因完全不同。

✦

藍思禮人在米蘭的飯店套房，他爲了雜誌的拍照工作而來，今天是第二個晚上。

經紀人麗莎在房間另一頭的寫字桌辦公，鍵盤聲喀答喀答響。

屋外天色漸暗，藍思禮倚窗而坐，亮起燈的城市雖美，獨自賞景卻沒什麼滋味。

他覷了一眼肘邊的手機，漆黑的螢幕安安靜靜，約好要來的人遲遲未有音訊。

他捉緊剩餘不多的耐性，正打算送出一則「溫和的詢問」，螢幕終於亮起，訊息通知跳出。梅曦明已經抵達飯店大廳，想知道現在上來房間是否恰當。

「他到飯店了。」藍思禮看著螢幕，嘴角不自覺揚起。梅總傳來的短短兩行字綴滿了愛心符號，眞肉麻！「妳跟大家說一聲，到禮拜一之前都不要打擾我。」

麗莎的一口嘆息實在忍耐不住，「唉，我眞的不懂耶，好男人滿坑滿谷任你選，你偏要挑一個名聲那麼差、對你的事業有害的敗家子。」

「妳的批評老套過時，而且沒有半點屁用。」藍思禮懶洋洋地應道，雙眼及雙手只忙著回覆訊息，「下次要說他壞話，換點新的內容再來。」

「我的意思——」

「好啦，妳快點下班休息，還是妳想留下來加入我們的晚飯？」

「我才不要！」麗莎一驚，急忙站起，兩三下把東西全掃進包包，又隨便叮嚀了藍思禮幾句，便匆匆奪門逃跑。

她剛離開不久，房間的門鈴便響了。

藍思禮先照了眼鏡子，確認雀躍的心情已經收妥，才帶著稍嫌刻意的從容前往應門。

梅曦明提著簡便行囊，閃身進來，反手帶上了門，「好險，我差點正面遇上經紀人大姊，她看起來殺氣騰騰，又是因爲我的緣故？」

他詢問的是麗莎的態度，神情應該要憂心忡忡，畢竟他們兩人處得很不好，他卻帶著滿眼喜色，好像藏著一件天大的祕密，迫不及待要宣布。

藍思禮腦袋微微一偏，眉頭輕攏，「你有點不太一樣。」

「我看你也覺得很不一樣。」

梅曦明回的是實話。橫亙在他們之間的疑惑、猶豫、不安，通通消除殆盡的此時此刻，小騙子在他心中的迷人程度只有倍數成長，從裡到外，無一處不覺得可愛，無一處不切中他的喜好，世上還有誰比他更幸運？

燦爛的笑容在臉上不斷擴散加深，他走近藍思禮，將對方的雙手握在自己掌中，「我確認過了，舒清和對藍色小精靈沒有反應！」

「你、你用什麼方式確認？」掏出來嚇他嗎？藍思禮先被自己的臆測嚇一大跳，反射性一抽手，脫離了對方的掌握。

「我用問的。」梅曦明望著空空的手心，噘嘴表達委屈，「你是不是又在亂猜？我眞的沒有你想像中那麼下流。」

藍思禮心虛地別開視線，「小和的男朋友不在場吧？」

「不在，除了我和他，四下無人。」

藍思禮點點頭，有些遲疑，把手塞回梅曦明的掌心，對方立刻收攏指頭，牢牢捉緊。

「那就好，你染指過木沐的水蜜桃，他已經很不爽快，要是又跟小和亂說話，他動手揍你的時候，我可不會插手阻止。」

「你可以在旁邊心疼，事後幫我呼呼、揉一揉。」梅曦明笑嘻嘻地，附在藍思禮耳邊曖昧低語，「有個地方，現在就很需要你揉一揉，幫忙消腫。」

藍思禮聽懂了暗示，嘴巴不饒人地嘖了聲「低級」，身體卻往對方貼靠過去，果然感覺到有個明顯的「腫脹」抵著他的小腹。

他勾起唇角，下身又貼得更緊，朝那個部位輕輕施壓。

梅曦明抽了口氣，呼吸逐漸粗重。他傾過腦袋，嘴唇湊上藍思禮的肌膚，衣領以外碰得到的地方，全都親了個遍，飢渴與熱切的程度，與過去幾個月的謹慎小心迥然不同。

藍思禮踮起腳，捧住梅曦明的雙頰，將臉扳回正面，好好和對方交換了一個綿長親暱的濕吻。

「你終於相信我是誰了？還以爲永遠等不到這一天。」藍思禮的話語裡滿是笑意，聽著極爲悅耳。

梅曦明擁住對方，也笑道：「幸好你的故事沒騙人，你還欠我一次早餐呢！」

「上個月不是跟你吃過早午餐了？這陣子連宵夜、晚餐、中餐都吃過好幾次了！」

「不一樣……」梅曦明輕嘆一口氣，臂膀收緊了些，「就是不一樣。」

好不容易與思念的對象重聚，梅曦明心情激動，雙手卻謹守規矩，摸來摸去只限腰部以上，不敢往下越雷池一步。

他的視線越過藍思禮的肩膀，瞄向茶几上的手機、咖啡杯和幾本休閒讀物。他知道大明星是來爲時尚雜誌拍照，不需要演唱，工作壓力小，心情也輕鬆，這時候撒嬌耍無賴，生存率最高。

「什麼時候能讓我拜見銅鑼燒大王？我每天睡覺睡不好，都在想著大王。據說在整個點心界，大王的餡料最飽滿、餅皮最有彈性，已經不再是區區一個銅鑼燒了。」

「只有在這種時候才很會說話。」藍思禮被誇張的諂腴之詞引得發笑，頓了頓，臉頰微熱，「你要是敢嫌棄……」

「那就是我的損失。」梅曦明微微彎身，將藍思禮打橫抱起，三步併作兩步，直奔寢室，彷彿擔心對方出爾反爾。

藍思禮已經好一陣子沒有性生活，算上這個身體，又更久一點。慾望積累之下，懶得故作姿態，一被抱起，就毫無保留地勾著人索吻，什麼時候環境改變，背脊抵著床墊，被單加入糾纏，他都沒有留意，眼裡只有一個男人、一件事。

梅曦明當然全力配合，在床上要翻滾便翻滾，什麼位置都無所謂，想怎麼親怎麼摸，都來者不拒。

失去小記者體能的大明星沒多久就累壞了，躺在梅曦明身下氣喘吁吁。

梅曦明帶著笑，空出一隻手，幫忙撥開藍思禮散在額前的凌亂髮絲，拇指順勢揉過溫軟的兩片唇瓣。

藍思禮緩過氣來，朝他揚起眉毛，「你為什麼笑得很可疑？」

「明明是欣慰的笑容。」梅曦明在對方已經被親得發紅的嘴唇上，又輕啄一口，笑咪咪道：「我在高興你一點都沒變，還是那個強勢的……的……哎，你已經不是我的小員工了，該改叫什麼好呢？」

「無聊的傢伙！快點辦正事，把套子和潤滑劑都拿出來。」

梅曦明剛笑著說好，一伸手馬上就從外套口袋取出用品。

「你隨身攜帶？」

「放在身邊最有效率，我在過來的路上認眞推演過，不能冒險讓你又睡著。」梅曦明拍了拍身下人的腰側，「麻煩轉個身，銅鑼燒大王要接見我了。」

藍思禮一邊埋怨，說著麻煩、囉嗦，一邊翻過身，疊著手臂趴在枕上，臀部往後翹起。

梅曦明屈膝跪在床上，一時看呆了，藍思禮皮膚白，全世界都知道，但是像這樣子一副雪白纖緻的裸身映入眼簾，仍叫他大受震撼。他的目光貪婪地一寸寸移動，逐步往下，終於越過了腰際。

縱使排名不是數一數二，銅鑼燒大王配上無瑕的白肌，也算得上是美臀了。他先是用手包覆，讓臀肉在掌中彈動，再以手指觸壓，然後著迷地看著淺淺紅印在幾秒後消失，他很想留下點齒痕或吻痕，又怕肌膚太柔嫩，會弄疼對方。

大概是梅曦明花費了太久的時間，藍思禮偏過頭來看他，頰邊染著紅暈，「等級不同了，對不對？我可是一直都在認眞鍛鍊。」

「眞的，變化很明顯。」更叫梅曦明驚訝的是，藍思禮的語氣像極了在討誇獎，離撒嬌只有一點點距離。

「我一開始就叫錯了，顏色不對，不是銅鑼燒，是……是肉包大王！」

「又胡說八道！」

藍思禮紅了臉，要伸腿往後踹人，無奈腿短，當前的姿勢又困難，無法對梅曦明造成威脅。

「我沒說錯啊，看看這個細皮嫩肉，皮薄餡多，一定很美味……」梅曦明已經無法再忍耐，低下頭，順著臀部的性感弧線一路又親又舔，還用牙齒輕碰，就是不敢眞咬。

前次上床，他也幹過同樣的事，藍思禮已經見怪不怪，只輕哼幾聲，要對方胡鬧夠了就快點辦正事。

於是梅曦明用此生最謹慎的態度，手指裹著大量潤滑液，小心探入藍思禮的雙腿之間，一點一點仔細揉開緊窄的通道，只怕力道不夠輕、潤滑液的用量不夠多。光看他專注的神情，還以為在拆除炸彈。

這一份溫柔，藍思禮卻毫不領情，過程中不時扭動呻吟，逼迫他加快、加重，早點把像樣的東西拿出來，然後放進去。

梅曦明嘆了一口氣，看著自己硬到疼痛的股間巨物，先佩服一下自己的堅強意志，再看看眼前那個不安躁動的急性子。

「怎麼越活越沒耐性？」

藍思禮轉頭瞪他，「我等了你好幾個月，根本超有耐性！」

「所以我說，你何必等呢，就那麼氣銅鑼燒的事嗎？」

「銅鑼燒……只是藉口。」或許是氣氛使然，裝模作樣太累，藍思禮把臉又壓回枕頭，終於低聲說了心裡話，「我想要的，是從內在就開始喜歡我的那個人。像你剛才說的，感覺就是不一樣……」

梅曦明難得沒有立刻回應，他很驚訝，原來藍思禮也和他有同感，認為有那一段相處的過程與記憶，他們之間才最完整。

他的胸口溢滿了不熟悉的情感，暖暖的。片刻，他撤出手指，在藍思禮肩頭落下一吻，同時將自己緩緩送入對方體內。

「我也好想念你……我以為，我喜歡的那個人，跟著新鮮感一起消失了。」

「我也不是……自願的……這一切，都亂七八糟，沒、沒人知道是怎麼回事……」藍思禮輕喘著，眉頭微蹙，停機太久的身體要容納異物的入侵並不容易，何況異物的尺寸還不小。

梅曦明秉持著一貫的溫柔，慢慢推進，慢慢等著對方適應。他垂下視線，看著兩人的交合處，白嫩帶粉的膚肉因為摩擦與升高的體溫泛著情色的嫣紅。

頂到最深處時，他短暫閉了閉眼，感受著被完整包覆的愉悅與刺激，然後一寸寸退到入口，再重覆前次的侵入。準備工作做得很足，他沒有遭遇到太多抵抗。

潤滑液和保險套在摩擦中製造出獨特的淫靡水聲，藍思禮的圓翹臀部隨著每一次的撞擊搖顫，無論是視覺或聽覺都是絕頂饗宴。

「等、等等……你先出去一下。」

藍思禮忽然叫停，梅曦明雖是一頭霧水，還是立即煞住動作，遵命照辦。

身體一獲自由，藍思禮立刻翻過身，轉為仰躺。

「今天有運動，手很痠，這樣比較舒服。」他左右扭動腰臀，試圖調整出滿意的姿勢，高高翹起的性器隨著動作搖晃，前液從尖端滴落。

眞是個性感又荒謬的尤物！梅曦明笑著搖搖頭，重新在對方的腿間就位。

「腳也好痠。」藍思禮忽然又說，竟然連主動抬腿也要逃避。

梅曦明笑了起來，「好，好，你就躺著，我負責出力。」看著偷懶得逞、得意開心的藍思禮，就是再艱難十倍的考驗，他也會滿口答應。

手臂橫過藍思禮的膝彎，架開了兩條腿，梅曦明很快重返對方那個炙熱迷人的窄穴。

藍思禮雙唇微啓，在他身下斷續發出慵懶長聲，情熱將胸口也染上了紅。

梅曦明很受激勵，抽送的動作比先前猛烈得多，節奏快而規律，彼此的呼吸卻是越來越短促紊亂，床架也開始震動。

梅曦明不以爲意，他知道藍思禮不是隱忍型，不痛快或是不舒服，一定會馬上表現出來。反過來說也是一樣，藍思禮的沉醉與歡愉，盡顯在迷濛的眼底，在牽起的嘴角，在有如海妖呼喚的聲聲喘吟當中，一切都很好，比很好還要更好……

藍思禮本來只想偷懶，沒料到久違的性愛比記憶中舒服得太多，身體不受腦袋指揮，挺起了腰，雙腿夾緊，主動迎合著梅曦明的律動。這麼做帶來的刺激愈發強烈，每一次都將他的快感推得更高，然而單單這樣還是不夠。

他抬起手，抓在梅曦明的肩上，指尖微微陷進肉裡，「幫我……」

梅曦明勾起唇角，溫柔一笑，將手伸向彼此交纏的肢體之間，找到藍思禮淌著水的性器，快速周到地套弄起來。

所有的血液都往下腹奔湧，藍思禮縱情呻吟，身體緊緊繃起，腦袋很快便只剩一片空白，然後在空白裡爆出如煙火般的激烈閃光。

沉浸在高潮的餘韻中，藍思禮緩緩吐出一口長氣。性愛的愉悅，他老早就體會過，現在添了感情，感受豈止上了一層樓，那些靠著幻想寫過、唱過的情歌如今都產生了別樣意義，更眞實，也更豐沛。

「太棒了，往後我在情歌的創作力和表現力都會變得更強大。」

梅曦明懶洋洋笑著，「很榮幸成爲將來大明星新曲熱賣的幕後功臣。」

做愛之後和對象停留在淩亂的床上，兩人都是第一次。

藍思禮沒有立刻跳下床清洗的精力，就算有，也不太想那麼做。他望著天花板，昨晚覺得吊燈的造型俗麗，現在忽然覺得順眼不少。

梅曦明側過身，橫過一條腿和一隻手，纏住藍思禮，觸感黏黏熱熱的。

藍思禮考慮了兩秒鐘，覺得還可以接受。

「你會不會覺得遺憾，我已經不是十幾二十歲體力無窮的年輕小夥子？」

藍思禮不解地皺眉，「年輕小鬼莽撞急躁，技巧又不行，我要他們幹嘛？」

「眞的？你認爲我溫柔體貼、技巧高超？」

「原來你是『這杯水有半滿』的樂觀主義者。」

「難道你認爲這杯水有一半是空的？」

「不，我覺得這杯水一定喜歡聽我唱歌，是歌迷。」

梅曦明大笑，覺得自戀的藍思禮太可愛，忍不住就往對方的臉上親了好幾口。

藍思禮假裝嫌棄，拚命想推開熱源，「好了，親夠了，好熱！」

梅曦明同意不親，人卻推不走，依然賴在對方身邊，滿臉都是笑。

藍思禮看他喜不自勝的模樣，忽然也捨不得回到現實，「現在雖然開心，以後會很辛苦喔！我們的關係無論是隱藏或曝光，路都不好走。」

「有你陪在身邊，我還怕什麼？」梅曦明鑽進藍思禮的懷裡，做了個不甚成功的小鳥依人狀，「再說，藍先生神通廣大，一定會保護我的。」

「那是當然的。」藍思禮揚唇一笑，眼裡有傲氣，有自信，還有閃閃發亮的喜悅。

後記
皆大歡喜的水蜜桃與銅鑼燒

《喜歡你的人生嗎？》，我見鬼地又取了個在耽美書架上可能讓人看了滿頭問號的書名。

這也不是頭一遭，上一本《一個價值連城的小忙》，我就曾經聽說，有人看了書名，誤以爲它是心靈成長類型的書籍。我想，既然《喜歡你的人生嗎？》分享了同一個世界觀，書名造成類似的誤會，大概也是個合情合理的誤會吧！

在前作《一個價值連城的小忙》裡面，我寫了一個講道理好溝通的總裁，這次便想著一定要嘗試寫個霸總，於是就有了梅曦明總經理（總經理好歹也是總）的誕生。

結果如何，相信現在大家都知道了。

梅總後期越來越搞笑，看不見半點霸氣，低級下流的台詞倒是隨口說得很順，眞是始料未及啊！

雖然如此，我對梅總也是眞心喜歡，寫他和藍思禮的對話非常愉快，許多靈感都是在這些時候冒出來的，比如他們倆人之間奇奇怪怪的比喻、形容，甚至一度考慮過要把書名改成水蜜桃與銅鑼燒……當然，只是想想，可不敢付諸實行。

交換身體的兩位主角最後會換回來嗎？編輯曾這樣問我。這個問題也在故事的準備階段困擾過我好一陣子，當時覺得換與不換各有優劣，實在難以決定。於是我詢問了友人，對方一秒回答：「當然要換回來啊！」他答得太斬釘截鐵，我就這樣被說服了。

後來我越寫，越是確信自己沒有做錯決定。儘管藍思禮在故事中途與梅總的一夜春宵可能會踩到不少人的地雷，但我認為，他還是應該取回打拚多年的歌手人生與音樂才華。

至於小和，雖然他過得平凡普通，他的交友圈、親人與才能，都不算耀眼，但對當事人來說卻是極為珍貴，若能選擇，我相信他不會想要放棄。

所以他們換回來了，四位主角之後都過得更好，在友情、愛情、事業上，都有斬獲，再也不必供前男友吃住花用的小和還得到經濟上的顯著改善，應該是個皆大歡喜的結局，是我一向喜歡的結局，如果看完全文的讀者也有同感，那就太好了！

一直到連載中期，我才終於確定了兩位主角恢復原狀的方式。比起重現第二章的意外，讓角色自己爬到樹上去執行計畫，我覺得後來的定案更有一種注定的命運感。該有的體驗、該認清的心情，都完成了，也就該結束了，順便讓梅總惆悵難過一陣，則是不錯的附帶紅利。

除了早就預留給藍思禮與梅總的番外，另外一篇應該寫些什麼好呢？有讀者提議了讓兩對情侶一起約會，我覺得很心動，也樂見他們未來能有各種交流。不過現階段是太早了一點，木沐和梅總見面的氣氛多半不太好，小和與上司相處一定很不自在，大概只有藍思禮一個人會看戲看得很開心。

不過，我相信他們在不久的將來可以處得不錯。

最後，不免俗地要向大家道聲謝，感謝編輯們的費心，感謝看到這裡的每一位讀者，希望閱讀這本書的過程，帶給你們的是快樂與放鬆，也誠摯祝福大家都能夠喜歡自己的人生。

期待下次紙上再相會！

白狐

國家圖書館出版品預行編目資料

喜歡你的人生嗎？／白狐著. -- 初版. -- 臺北市：
城邦原創股份有限公司出版：英屬蓋曼群島商家
庭傳媒股份有限公司城邦分公司發行, 2023.02
面；公分. --
ISBN 978-626-7217-17-7（上冊：平裝）. -
ISBN 978-626-7217-18-4（下冊：平裝）

863.57　　112000903

喜歡你的人生嗎？（下）

作　　者／白狐
企畫選書／楊馥蔓　　行銷業務／林政杰
責任編輯／高郁涵、林辰柔　　版　　權／李婷雯

副總經理／陳靜芬
總 經 理／黃淑貞
發 行 人／何飛鵬
法律顧問／元禾法律事務所　王子文律師
出　　版／城邦原創股份有限公司
台北市中山區民生東路二段 141 號 6 樓
電話：(02) 2509-5506　傳眞：(02) 2500-1933
email：service@popo.tw
發　　行／英屬蓋曼群島商家庭傳媒股份有限公司城邦分公司
聯絡地址：台北市中山區民生東路二段 141 號 11 樓
書虫客服服務專線：(02) 25007718・(02) 25007719
24小時傳眞服務：(02) 25001990・(02) 25001991
服務時間：週一至週五09:30-12:00・13:30-17:00
郵撥帳號：19863813　戶名：書虫股份有限公司
讀者服務信箱 email：service@readingclub.com.tw
城邦讀書花園網址：www.cite.com.tw
香港發行所／城邦（香港）出版集團有限公司
地址：香港灣仔駱克道 193 號東超商業中心 1 樓
email：hkcite@biznetvigator.com
電話：(852) 25086231　傳眞：(852) 25789337
馬新發行所／城邦（馬新）出版集團 Cité(M)Sdn. Bhd.
41, Jalan Radin Anum, Bandar Baru Sri Petaling,
57000 Kuala Lumpur, Malaysia.
電話：(603) 90563833　傳眞：(603) 90576622
email:services@cite.my

封面插畫／信步
封面設計／Gincy
電腦排版／游淑萍
印　　刷／漾格科技股份有限公司
經 銷 商／聯合發行股份有限公司
電話：(02)2917-8022　傳眞：(02)2911-0053

■ 2023 年 2 月初版
■ 2023 年 3 月初版 2 刷
Printed in Taiwan

定價／330元

ISBN　978-626-7217-18-4

POPO城邦原創 www.popo.tw　城邦讀書花園 www.cite.com.tw

本書如有缺頁、倒裝，請來信至service@popo.tw，會有專人協助換書事宜，謝謝！